望 公太
nozomi kota
插畫／ぎうにう
giuniu
你喜歡的不是女兒
／媽媽／
而是我!?
7
U0075189
Kadokawa Fantastic Novels

contents

7
你喜歡的不是女兒而是我!?
媽媽
Musume janakute Mama ga sukinano!?
望 公太
nozomi kota
插畫／ぎうにう
giuniu
Kadokawa Fantastic Novels

序幕

「——我來收養這孩子。」

我究竟是什麼時候拋出這句話，收養了五歲的美羽呢？

感覺好像已經過了好久，又像是不久前才發生的事情。

我在姊姊夫婦的喪禮上，在親戚的大人們面前，大言不慚地誇下海口。

在高昂的情緒下。

在激憤的情緒下。

現在回想起來……真是羞恥到臉都要噴出火來了。

一個年紀輕輕不過二十歲的小女孩，居然做出這種自大的發言。

不曾擁有屬於自己的家庭，甚至沒有什麼工作經驗。

這樣一個不知世事的女人，竟敢在各自擁有健全家庭的大人們面前，自以為了不起地講出這種話。

如今想想，我實在應該好好反省自己的態度。

但是……

我並不後悔。

我的態度確實有需要反省的地方——可是我完全不後悔做出這個決定。

假使過去可以重來，無論多少次，我想自己還是會做出相同的選擇。

收養美羽，成為美羽的母親。

成為媽媽。

我不認為這個決定是錯的。

反而——還認為這是我人生中最棒的決定。

我真的很慶幸自己能夠收養美羽——和美羽成為母女。

那一天，我會在那個場合中做出那個決定，一定是命運安排好的。

就各種意義、各種角度來看，都是一種命運。

不只是——美羽的事情。

算起來……那一天，也是我和他初次相遇的日子。

說來慚愧……由於當時我滿腦子想的都是美羽，其他事情幾乎都記不得了

——不過，他似乎記得非常清楚。

記得他初次見到我的日子。

記得他的心——被我奪走的日子。

正好就在昨晚，他提起了那段往事。

他用有些羞澀但又莫名自豪的表情，熱切地敘述他是怎麼愛上我的。

唉，真是的。

阿巧這個人真是不管到了幾歲都不會變——

「…………」

緩緩地。

我睜開眼睛。

眼前有一面大鏡子。

見到鏡中自己的身影——我不禁屏息。

純白色的禮服。

潔白閃耀、清新純潔的白色衣裳。

是新娘所穿的婚紗。

為了決定服裝，我試穿了好幾款禮服，並且為了這一天稍微瘦身，三天前還去護膚沙龍做了保養。

除了禮服外，我和他也為了今天這個日子做了許多準備。

「……呵呵！」

好奇妙的感覺。

我以前一直以為自己不可能會穿上婚紗。

雖然不是吃了秤砣鐵了心……不過在收養美羽的那天，我感覺到自己必須放棄許多事情不可。

正常地戀愛、正常地結婚、正常地生產——

我決定即使得放棄這一切，也要將女兒好好扶養長大。

但是……

忽然間回過神時——我發現自己已經擁有本來打算放棄的一切了。

而這一切的一切，都是多虧了阿巧。

是他將我過去以為可以放棄的所有幸福，送給了我。

從十歲起便持續喜歡我超過十年的他，為我帶來了滿滿的幸福。

一閉上眼——過去的一切便在腦海中重現。

突如其來的告白。

初次約會。

美羽的心意。

交往之前的猶豫不決。

突然展開的遠距離戀愛——實際上是同居。

第一次共度夜晚的日子。

還有、還有、還有、還有——

啊……

多到數不盡。

多到無法承載。

與他之間的眾多回憶填滿了我的心。

儘管並非都是快樂的事情，儘管也有不順利的時候——然而如今我可以抬頭挺胸地說，所有的一切都令我感到幸福。

和他一同走過的，那些無可取代的日子——

唔嗯……

要怎麼說呢？

雖然大概是身上這套禮服的關係，讓我變得感傷又感慨萬千；雖然有種以電影來說就是來到片尾，以小說而言則是來到最後一集的感覺——

不過，人生並不會在今天結束。

我們的人生今後將持續下去。

所以，今天這個日子——只是一個轉折點。

只是比平凡的每一天稍微特別的，人生轉折點——

休息室的門響起「叩叩」的敲門聲。

被開啟的門後——

「——媽媽。」

探出我心愛女兒的臉孔。

第一章
懷孕與報告

♥

單親媽媽的早晨開始得很早。

必須每天一大早揉著惺忪睡眼醒來，幫就讀高中的女兒做便當。

這就是——我的日常。

是3×歲的我，每天的例行公事。

……原本應該是這樣的——

「啊！早安，媽媽。」

早上七點。

我悠哉地起床來到客廳，只見早餐已經做好擺在桌上。換上制服的美羽站在廚房裡。

她今天也比我早起，幫忙準備了早餐。

「妳怎麼不多睡一會呢？」

「我總不能一直睡下去啊。」

我一邊說，一邊在桌旁坐下。

自從我從東京回來——很快地已經過了兩星期。

最近美羽一直都是這樣。

總是比我早起，然後幫忙做好兩人份的早餐。

除了做飯外，還有洗衣服、打掃、買東西等。

她變得非常積極地幫忙做家事。

雖然這孩子本來就很能幹，無論家事、下廚大致都難不倒她……但是之前不管我怎麼說，她始終都不願意幫忙。

好吧，其實像是我身體不舒服時她還是會幫忙做……不過反過來說，只要我身體沒有不適，她就會不願意做事。

不知是嫌麻煩，還是太依賴母親。

無論如何……

那樣的美羽現在正前所未見地積極幫忙做家事。

其中的原因——這個嘛，坦白說非常好懂。

「聽說有些人懷孕時會睡不好，所以媽媽妳很累的話就不要勉強早起了，反正我全部都可以自己來。」

「妳放心，我目前一切都很好。昨天也整整熟睡了八小時。」

「那就好。」

咖啡給妳。

美羽冷冷地這麼說，將杯子放在桌上。

話雖如此，裡面裝的並不是普通的咖啡。

那是一種叫做「蒲公英咖啡」，用蒲公英的根做成的茶。由於不是使用咖啡豆製成，嚴格來說其實不是咖啡。

因為不含咖啡因，就連小孩——以及孕婦也能安心飲用。

…………

沒錯。

孕婦。

實不相瞞，其實現在我的肚子裡有孩子。

根據到婦產科檢查的結果，現在已經懷孕三個月了。

雖然目前看起來還不是很明顯……不過我的肚子正一點、一點慢慢地隆起。

「……呵呵！」

「怎麼了，媽媽？為什麼突然笑了？」

「不……沒什麼。我只是覺得有點開心。」

我微笑著說。

「因為美羽妳突然開始振作了。」

「…………」

「是因為有了自己快要當姊姊的自覺嗎？說的也是呢，既然有了比自己小的弟弟妹妹，美羽當然也得振作起來了。加油啊，妳這個姊姊。」

我會這麼說是想讚美她。

是想稱讚她最近的態度。

然而，美羽大概是覺得自己受到了嘲諷吧？

「……是啊，我當然得振作才行了。」

於是用聽來像在鬧彆扭的口氣回應我。

「因為不曉得是哪兩個人為了同居這件事開心到昏了頭，結果做出毫無計畫性的事情來，我要是不振作一點還得了？」

「……！」

被她這麼一說，我只能沉默以對。

因為……嗯……

我是真的不小心做出缺乏計畫性的事情來了。

我，歌枕綾子，3×歲。

時光飛逝，我收養因故過世的姊姊夫婦的孩子至今已經十年。

經歷一番迂迴曲折——我終於和住在隔壁，比我小十歲的大學生左澤巧正式交往。

之後又因為各種因素，我和他在東京度過了三個月的同居生活。

成年男女同住一個屋簷下，不可能什麼事都沒發生……於是，我倆真正地結合了。雖然因為我們雙方都是初體驗，在抵達那一步之前發生了許多狀況，不過最終我倆還是成功讓關係往前邁進了一步。

然後——

嗯……要怎麼說呢？

關係一旦往前邁進一步，之後就不小心順勢前進了十步左右。

「老實說，我真的很傻眼耶。」

早餐時間，美羽語重心長地說道。

說出狠狠刺入我心的話。

「媽媽和巧哥，妳們到底是去東京做什麼啊？」

「…………」

「是工作吧？是為了工作才去的吧？因為媽媽想要親自參與負責作品的動畫化，巧哥則是為了支持那樣的妳，同時自己也打算透過實習累積社會經驗。」

「…………」

「好啦，雖然我這麼說，但其實我也明白這是妳們兩人剛交往最開心的時期，當然會不想和對方分開了。我想，狼森小姐應該也是因為非常瞭解這一點，才會暗中計畫讓媽媽妳們同居。」

「…………」

「她想必一定很信任媽媽吧？認為媽媽妳一定不會被突如其來的同居樂昏頭、失了分寸，能夠很有計畫性地兼顧好工作和私生活。」

「…………」

「說起來……我也是基於信任才把妳送走的喔？媽媽是去累積工作資歷，巧哥則是為了將來累積經驗……你們兩人一定會有所成長然後歸來。無論是作為社會人士還是情侶，回到家鄉的你們都會變得比以往更加成熟。我是因為相信會是如此，才選擇自己一個人在這裡看家。」

「…………」

「然而——」

美羽說道。

用傻眼至極的眼神看著我，深深地嘆息。

「我沒想到……你們居然會毫無計畫地搞出人命回來。」

一圈又一圈。

我感覺那把深深插入心頭的利刃被無情地轉動。

「不過話說回來，我畢竟也已經是高中生了……當然知道兩個大人交往後會變成那種關係……也知道一對男女同住一個屋簷下，理所當然會發生那種事……但是，如果是搞出人命就另當別論了。」

「……嗚！」

「我是不想在這個令和時代說那種古板的話啦……可是不管怎麼說，事情總該有個先後順序吧？明明才正式交往不過幾個月，結婚這件事連八字都還沒有一撇……居然就先懷孕了。」

「……嗚嗚！」

「媽媽，難道你們不是去工作，而是去度蜜月嗎？」

「……嗚、嗚、嗚哇啊～夠了，別再說了！不要再責備我了啦！」

再也忍受不了的我崩潰大喊。

「不是！我不是去玩的！我真的有好好工作！有做好我該做的事！」

「…………」

「只不過，那個……晚、晚上的事情我們也有在做，所以就有了……」

好、好痛苦！

替自己辯解太痛苦了！

「……根本就是因為你們沒有做好該做的防護措施，才會毫無計畫地搞出人命吧？」

「唔唔……！」

徹底被駁倒。

我被就讀高中的女兒體無完膚地駁倒了。

一句話也無法反駁。

若是問我，我和阿巧有沒有仔細做好避孕措施……我實在無法昂首挺胸、肯定地點頭。不得不說，我們內心確實是有「哎呀，應該不會有事啦」這種懈怠的心理。

咦？

好奇怪喔。

這種性教育……不是應該由身為母親的我來教導年輕的女兒嗎？

為什麼現在會是女兒來教我？

哎呀～我家女兒真的好能幹喔。

「……嗚、嗚嗚，美羽，妳不要再責備我了啦……我已經因為這件事，被我爸媽念到臭頭了……」

從東京回來之後，我和阿巧立刻就向雙方父母報告這次的事情。

認為不能隱瞞這件事。

至於詳細情形……因為情況太過混亂，實在是一言難盡。

想想這也是理所當然的。

阿巧的父母早就知道我們在交往，所以難度不算太高……可是我的父母就不

一樣了。

因為，首先還必須向他們報告我們正在交往的事情。

年過三十、身為單親媽媽的女兒，交往對象是年僅二十歲的大學生……而且甚至已經不小心懷了孩子。

這樣的事實太過衝擊了。

「不過，就結果來說不是挺好的嗎？因為連妳之前隱瞞的巧哥的事情，也能藉此機會一併公開。」

「這……」

或許是吧……不過就算如此，我還是覺得應該有更好的方式可以報告這件事。

「再說，外公外婆最終還是冷靜下來，願意支持妳們兩人了。」

「……這個嘛，畢竟都已經有孩子了嘛。」

大概是懷孕這件事帶來的衝擊太強烈吧，他們根本無暇深究「男友是大學生」這一點。

「沒辦法只好如此」的氛圍。

「現在顧不了那麼多」的看破心態。

把懷孕當成要他們接受這段關係的理由雖然非我本意……不過總歸來說，結果應該算是好的吧？

「……外公他們內心開心的成分說不定意外居多喔。」

「咦？」

「因為不管怎麼說，他們都是擔心媽媽的嘛。妳有一個像我這麼大的小孩，卻從來沒有結過婚……外公他們那個世代，不是把結婚視為理所當然嗎？」

「…………」

這──美羽說的或許沒錯。

畢竟他們也曾對我說「我已經對綾子生孩子這件事不抱希望了」這種話。

他們雖然很少對我碎念──不過，他們心裡或許還是對我一把年紀了卻還沒有成家這件事很有意見。

現在這個時代，婚姻不是人生的全部。

也有很多沒有結婚的人。

可是在我們父母的那個世代，應該還是有許多人認為「女人的幸福就是結婚生子」。

「雖然先後順序顛倒了，但畢竟年過三十的女兒順利懷孕了，比起囉哩囉嗦地發牢騷，我想他們替妳感到開心、鬆一口氣的心情還是居多。」

「美羽……」

一股暖意充滿我的心。

不過，我還是有點想要反駁。

「妳太誇張了啦，我又還沒有到那種會被人擔心的年紀。」

「媽媽，妳在說什麼啊？」

對著一派輕鬆的我，美羽用尖銳的口氣說道。

「在妳這個年紀初次生產——已經完全算是高齡產婦了耶！」

「——！」

高、高齡……？

啊，這幾個字聽起來好刺耳！

一般認為，初次生產的年齡若在三十五歲以上，就算是「高齡產婦」。

換句話說，3×歲的我……嗯……

唔，呃……這一點就先含糊帶過吧。

「沒、沒沒、沒有啦，美羽……我還很年輕……還差一點點才算是高齡產婦……真的是還差那麼一點點。」

「死鴨子嘴硬。」

美羽露出嚴厲的目光，嚴詞指責。

「乾脆一點承認吧，妳是逃避不了自己的年齡的。既然妳的生產風險確實比二十幾歲的人來得高，不如就乖乖地承認面對。」

「是、是……」

「還有，雖說妳已經懷孕了，可是目前還沒有完全進入穩定期，所以真的必須要非常小心。別忘了，現在妳的身體不是妳一個人的。媽媽妳的態度有點太悠哉了，必須要好好繃緊神經才行。」

「……是。」

我只能點頭答是。

因為我有了身孕，美羽整個人開始振作起來。

儼然已是能幹的姊姊。

應該說……簡直變得像婆婆一樣了。

♠

梨鄉聰也是我左澤巧的朋友。

漂亮的臉蛋，纖細的身材。

是一名會被誤認為女孩子的俊美青年，實際上他也經常扮女裝走在大街上。

不過嘛，據他本人所言：

「我不是扮女裝，我只是挑選適合自己的服裝穿上而已。」

他本人是這麼表示的。

聽也似乎並沒有「刻意裝扮成女生的樣子」或「想要變成女生」的想法。他並不喜歡男生，不僅戀愛對象是女性，現在也有正在交往的女朋友。

說他怪，他這個人確實是挺怪的。

但是在我心目中，他是我很重要的一個朋友。

我們是從大學開始往來的。

因為就讀同個科系，很常有機會一起行動。

要是現在有人問我：「你最親近的朋友是誰？」我大概會說出聽也的名字吧。

在和綾子小姐有關的事情上，我也受過聽也不少關照。

無論是交往前還是交往後，我都經常找他商量煩惱。

儘管他本人總是故意擺出「我只是隨便玩玩而已」的態度，但我想他內心應該是真心在替我著想。

時而溫柔、時而嚴厲地支持我的戀愛之路。

我可以抬頭挺胸篤定地說。

梨鄉聽也是我值得信賴的重要朋友。

所以……

因此……

除了家人外，我打算第一個向聽也報告。

我現在深陷無法逃脫的情況。

必須去面對的現狀。

那是有些人聽了之後，可能會對我投以輕蔑目光的事情。無論遭受怎樣的偏見和侮蔑，我都不能有半句怨言。

但是——如果是聽也。

他一定能夠明白。

一定可以理解並對我的處境產生共感，然後給予我安慰及鼓勵——

「——天啊，傻眼耶！」

聽也這麼說。

用錯愕至極的表情。

用一副極度瞧不起人的眼神。

「真是不敢相信，你一個大學生居然讓對方懷孕，這也太扯了吧……身為男人，你這樣對嗎？」

「……唔、唔唔……」

面對他托著下巴做出的這番攻擊，我整個人被徹底擊沉了。

這裡是聽也的家。

礙於談話內容的關係。

因為實在不想被別人聽見，於是下課後，我們兩人來到聽也他家。

聽完綾子小姐懷孕的事情後，他給我的回應是激勵的話——

並不是。

是充滿失望情緒的輕蔑話語。

「你、你這傢伙……這是對鼓起勇氣坦白的朋友該說的話嗎……」

「可是我實在沒辦法替你說好話啊。誰教你交往連半年都不到，就讓對方懷孕了。」

聽也嘆道。

「感覺打擊好大喔～因為我還以為巧在這方面很可靠，以為你是比誰都還要替綾子小姐著想的男人。」

「……！」

「我以為就算你們發生肉體關係，你也是個懂得自制的男人。然而……沒想到你卻輸給誘惑，沒有確實做好避孕措施。」

「不、不是的！不是那樣的！」

我急忙反駁。

「避孕措施……我們有照規矩做喔。因為我們也很清楚懷孕什麼的，對現在的我們來說還太早了。」

我們很清楚，假使現在這個階段懷孕了，後果將會不堪設想。

綾子小姐有工作要顧——更重要的是，我現在還只是個大學生。

儘管已經是可以結婚的年齡了，但是我完全沒有經濟能力可以養活伴侶。現在就讓女方懷孕，除了不負責任外沒有第二句話好說。

我很清楚。

這一點我再清楚不過了。

「但是……呃，要怎麼說……因為那個用完了。」

「………」

聽也對我翻了白眼。

眼神像在看著垃圾一般。

「不、不是啦！我話還沒說完！是有原因的！有無可奈何的原因！」

「原因……？」

「我發現那個用完了……是在氣氛正火熱的時候……我、我當然有打算停下來喔？我真的有壓抑慾望，拚命發揮自制力踩煞車喔？可是、可是……因為綾子小姐說——『今天應該沒問題』，所以就……」

唔哇啊啊，不行！

無論我怎麼解釋都無法構成理由！

我愈是努力說明原因……就愈是顯得我有多渣！

說到底，就只是因為我把女方口中的安全期當真，沒能克制住心中的肉慾而已。就只是我輸給了性慾，沒有確實避孕罷了。

好丟臉。

我沒有資格替自己辯解。

「我真的對你感到很失望耶。」

聰也一臉錯愕到極點地說。

「巧的男性魅力……雖然應該有很多啦，不過我一直認為你最大的魅力就是真誠。」

「……！」

「長年單戀綾子小姐，極度專情、近乎愚直的真誠……枉費我一直覺得這樣的你又蠢又帥氣……結果萬萬沒想到，你居然在最關鍵的時候做了不真誠的事情。」

「嗚嗚……」

所謂啞口無言大概就是指這個情況吧？

不小心讓對方懷孕。

這是足以讓過去的真誠全部一筆勾銷的不真誠行為。

「對方的父母怎麼說？跟他們報告過了嗎？」

「……嗯，我們已經向雙方父母報告過這件事了。」

這不是可以隱瞞的事情。

由於事關重大，我們從東京回來後便立刻安排兩家見面，討論這件事。

「結果如何？對方的父親有揍你嗎？有說我才不要把女兒交給像你這樣的男人嗎？」

「……沒有，現場完全沒有那種火爆的氣氛……雙方父母反而還互相低頭道歉……」

實在不願去回想。

當時的氣氛簡直尷尬至極。

由於雙方父母都拚命致歉，然後我們兩人也低頭道歉，於是在場所有人都不停地賠罪，場面可以說相當淒涼。

「綾子小姐是有拐彎抹角地暗示過自己有男朋友……然而並沒有說明對方是大學生……」

「啊……是喔?這一點的確是很難開口啦。」

聽也陷入沉思。

「你家的想法大概是『對不起,我家讀大學的兒子做了缺乏計畫性的事情』……可是綾子小姐家的第一個想法,恐怕是『對不起,我家年過三十的女兒竟對令郎出手』吧……」

正是如此。

不同於從以前就對我倆的事情知情的我父母,對方的父母顯得相當震驚。

女兒的交往男友是大學生。

而且……居然還已經懷孕了。

啊,真丟臉。

好內疚。

其實我本來想以更正式慎重的形式,去問候對方父母的。

「不過，既然當時的氣氛是如此，而沒有演變成暴怒的戰場……這麼說來，對方應該願意認可你吧？」

「……算是吧？因為對方的父母也表現出『既然都有了身孕那也沒辦法』的態度，最後就在『兩家和樂融融地一起努力吧』的平和氣氛下結束了。」

從對方父母的態度來看……綾子小姐的年齡果然占了很大的因素。

假使綾子小姐和我一樣是大學生而且懷孕了，實在很難想像對方會有多生氣。

但是，綾子小姐已經是一位獨立自主的成熟女性。

是即使有懷孕經驗也不奇怪的年齡。

得知懷孕這個事實後，她的父母儘管看似受到不小的衝擊，但同時也顯得有些開心。

不過這也可能是我一廂情願的想法啦。

「而且見面談完之後，兩位父親就相約跑去喝酒了，甚至還開心地喝到很晚才回來。」

「是喔，原來如此。好吧，既然雙方父母都認可了，我也無法再多說什麼。」

聽也一副無奈地苦笑。

「身為朋友，我把自己想說的話都肆無忌憚地說出來了……卻不小心忘記說一句重要的話。」

他稍微端正姿勢，鄭重其事地說。

「恭喜你。我應該可以這麼說吧？」

「……當然。」

我靜靜地，但明確地點頭。

恭喜。

我想要坦然接受朋友的這句祝福——接下來想要打造出我能夠坦然接受祝福的狀況。

這件事情的發生不在我的預期之內。

但是——我並非完全沒有期待。

我原本就打算交往之後，有一天要和綾子小姐結婚生子。

這本來就是一件值得慶賀、值得受到萬人祝福的事情，只不過是我自作自受，讓事情在意想不到的時間點發生了。

「哎～要怎麼說呢──」

聰也曖昧地笑道。

「虧我之前還擺出前輩的架子，給你許多戀愛方面的建議……結果現在突然就被你超越，而且還是被遠遠地拋在後頭。因為就連我也沒有讓女方懷孕的經驗。」

「……哈哈哈。」

這番挖苦讓我只能乾笑。

「不過──辛苦的還在後頭喔。」

他換上嚴肅的表情繼續說。

「綾子小姐既然是第一次懷孕，之後應該會相當辛苦……不過，你接下來也正好碰上要正式開始求職的時期吧？」

「…………」

無言以對。

聽也──說的一點也沒錯。

我本來打算等這三個月在東京的實習結束後，要活用這份經驗正式展開求職活動。

現階段，我連自己想從事的職種都還不確定。

我本來想要從這個冬天開始慢慢花時間進行自我分析和訪問校友，認真地面對求職這件事。

為了自己，同時也為了綾子小姐，我想找到一間穩健的好公司，成為優秀出色的社會人士。

結果才剛這麼想──就意外懷孕了。

就連我……也覺得自己真的是做了缺乏計畫性的事情。

「總之──」

見我低著頭說不出半句話，聽也用開朗的口吻對我說。

「要是有什麼問題就跟我說吧，我會盡可能幫忙的。」

「……好，謝啦。」

「話雖如此……你也不要太依賴我喔。畢竟無論懷孕還是找工作，我都只是個門外漢。你把我當成支援人員就好。」

「這樣就夠值得感謝了啦。」

即使只是支援——也讓人開心不已。

而最令我開心的，是他的心意——願意站在我這一邊的那份心。

我再次體會到儘管一下開玩笑、一下嚴詞以對，到最後依然會用溫暖話語撫慰我的聰也，果然是值得信賴的朋友。

♥

『唔嗯，這樣呀、這樣呀，兩家的會面和平結束了啊。』

這一天，我一如往常地和狼森小姐通電話。

公事談論到一個段落後，話題自然而然地就轉移到我身上來。

『能夠順利結束真是太好了。』

「就是啊。」

『不過話說回來，演變成殘酷戰場好像也挺有趣的，這麼和平反而讓人覺得有點掃興耶。在愛情喜劇裡，父母反對也是經典橋段之一不是嗎？只要克服這個難關，你們兩人的感情一定會變得更加深刻。』

「不，不用了。我不需要那種難關，和平才是最好的。我想要平穩地發展下去，不想掀起不必要的風波。」

『可是抱持這種態度的人，應該不會在這種奇怪的時間點懷孕才對啊。』

「……請不要這麼說。」

『哇哈哈，我開玩笑的啦。』

見我如此沮喪，狼森小姐放聲大笑。

『時間點之類的不過是小事情。這件事的確值得慶賀，妳就儘管開心地去面對吧。』

「……是。」

我點頭回應。

狼森小姐——已經知道我懷孕的事情了。

老實說……她比我的家人、美羽都還要早得知這件事。

雖然聽說有許多人認為等到進入穩定期再向公司報告就好，不過我的情況比較特殊。

因為非計畫性的懷孕很可能會對工作造成影響……再說，我也想在離開東京之前先去一趟婦產科。

包括商量諸如此類的事情在內，我決定提早向狼森小姐報告這件事。

『既然已經向雙方父母打過招呼了，接下來應該就是討論入籍的事情吧？』

「……不，整體而言現在還不是時候。我們打算等情況稍微穩定下來再說……況且阿巧接下來也要開始找工作。」

『嗯，這麼說也對。的確沒必要那麼心急。』

狼森小姐說道。

『幸好動畫相關的工作也正好告一段落了，妳就暫時以自己的身體和生活為優先吧。』

「……是，抱歉給妳添麻煩了。」

『不用放在心上啦。』

她一派輕鬆地說完後——

『……呵呵！』

忽然間笑了出來。

「怎麼了嗎？」

『沒什麼……我只是突然想起一件事。』

狼森小姐的口吻十分愉悅。

『我想到十年前也發生過這樣的事情。』

「十年前……」

『當時我們公司的一名新進員工，竟毫無預警地向我報告「對不起，我有孩子了」，這種情況實在很罕見呢。』

「……！」

難以言喻的心情。

不用說——那個人就是我。

十年前。

我以新進員工的身分進入「燈船」工作……後來過了沒幾個月，我便決定要收養美羽。

新進員工突然變成單親媽媽。

而且還要回到家鄉遠距工作。

……這種情況可以說是前所未聞。

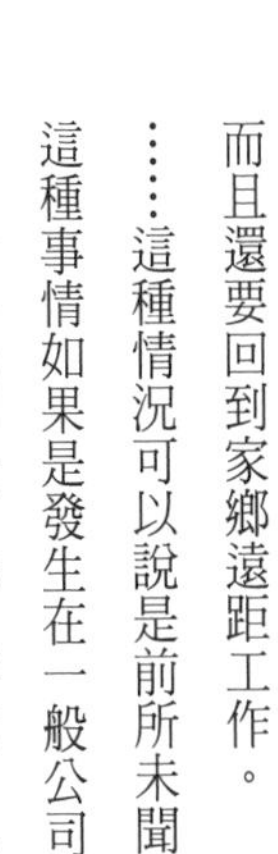

這種事情如果是發生在一般公司，我肯定早就被開除了。即使沒被開除，公司應該也會將我調任閒職，等我自己主動辭職。

「……當、當時實在給您添了好大的麻煩……」

只能低頭道歉。

仔細想想，這可是我第二次做出「我有孩子了」的宣言呢。

兩次都是未婚的身分，而且是在不合常理的時間點。

就連我……也覺得自己身為一名社會人士，問題實在有點大。

『呵呵，沒關係啦。我現在想起來只覺得好笑。』

狼森小姐愉快地說下去。

『當時遠距工作這件事尚未普及，所以確實有許多不方便的地方。但是，歌枕妳——這十年來成長了許多，並且為我們公司帶來莫大的利益。我現在可以篤定地說，當初決定繼續雇用妳的決定是正確的。』

「狼森小姐……」

『不單單是利益和業績。隸屬我們公司的妳成功兼顧了家庭與工作，在順利累積工作資歷的同時將女兒好好扶養長大。我身為社長以及一個女人，對於妳這樣的成就感到非常驕傲。』

說到這裡，她的語調稍微沉下來。

『因為很可惜的……我沒能夠兩者兼顧。』

接著這麼說。

啊，原來如此。

我一直覺得很不可思議。

十年前，狼森小姐為什麼沒有開除我？明明我這個新進員工說出了離譜的話，她為什麼還願意繼續雇用我、栽培我？

直到最近我才知道……原來狼森小姐也有孩子。

基於各種因素，她在孩子不到兩歲時就和孩子分開生活了。

狼森小姐的公婆對生了孩子後仍打算繼續工作的她感到不滿，而她的先生也站在公婆那一邊。

於是，兩人最後離婚。

孩子的扶養權則被丈夫那一方拿走。

狼森小姐——沒能以母親身分養育孩子。

或許就是因為她有過這樣的經歷，才會對我的處境心有所感。

才會願意尊重我魯莽的決定和決心，並且給予我支援——

『哎呀，氣氛變得有些感傷起來了。』

「我真的……很感謝妳。要是沒有狼森小姐，我真不曉得會變成什麼樣子。」

『別這麼說。我只不過是把自己的處境擅自投射在妳身上，讓妳去幫忙實現我沒能完成的事情罷了。』

她故意裝壞這麼自嘲。

『說起來，這只是我的一種自我滿足……某種贖罪……不對，或許應該說是拚一口氣？我只是不希望在我的視線範圍內——有女人因為有了孩子而變得不幸。』

狼森小姐以蘊藏決心的平靜語調接著說。

『不過，我並不是故意施恩望報，要妳連我的份也一起努力之類的。歌枕妳只要走出妳自己的人生就好。對於妳的初次生產和第二次育兒，我們公司會盡全力支持妳。』

「麻煩您了。」

我再次深深地低頭致謝。

並且又一次真心希望今後也能繼續在這個人手下工作。

買完晚餐的食材回到家，我一下車就碰巧遇見阿巧。

聽說他今天去向聰也報告我懷孕的事情。

看來他似乎剛回到家。

知道我剛買完東西回來。

「我來拿。」

阿巧這麼說完，便幫忙從車裡將裝了食材的塑膠袋拿到屋內。

「謝謝你喔，阿巧。」

「別這麼說。綾子小姐，妳不要太勉強了。如果要買東西，可以儘管叫我去沒關係。」

「不用啦，開車購物這點小事我可以自己來。」

真是的。

美羽和阿巧最近實在太過度保護我了。

由於難得見面，我們便一邊喝茶一邊聊天。

他也配合我，和我一起喝蒲公英咖啡。

「我一開始還覺得這個喝起來有股怪味……不過習慣之後就完全可以接受了。」

「我也是漸漸習慣之後就覺得挺好喝的。不過嘛……我有時還是會懷念普通咖啡的味道啦。」

談笑一陣之後——

「……對了，阿巧。」

我開口問道。

「聽也他……反、反應如何？」

坦白說，我很在意。

相當在意。

很想知道一般大學生——阿巧的朋友對於這次的事情有什麼看法。

假使他們的友情產生裂痕，我該如何擔起責任——

「妳不用那麼緊張……他沒有怎麼樣啦。他就只是很正常地替我們加油，說接下來可能會很辛苦，要我們好好努力而已。」

「是、是這樣啊……」

「不過，他還是有對我說一些重話啦。像是他覺得很失望，還有罵我在最關鍵的時候做了不真誠的事情等。」

「怎麼這樣……」

見到阿巧苦笑著這麼說，我的心不由得痛了起來。

「阿巧明明沒有做錯任何事……因為……當發現那個用完時，你真的有打算停下來，然而我卻……說『今天應該沒問題』……」

老實說——那是非常隨便的發言。

我並沒有每天認真地測量基礎體溫。

所以，對於自己現在的身體狀態如何，以及是否處於容易懷孕的狀態……我並沒有瞭解得那麼清楚。

我就只是從上一次生理期開始反推，覺得「大概沒問題」而已。

嗚嗚……

我居然說出如此不負責任的話。

況且專家也說「沒有所謂的安全期」。

如果不想懷孕，無論是再怎麼看似安全的日子，也應該避免在沒有避孕措施的情況下性交才對。

……唔，可是……

在那個狀況下……

倘若氣氛明明如此火熱，卻在緊要關頭說「今天還是別做吧」，即使是我也會覺得心情複雜、鬱悶不已……

「……不過，我還是應該要負比較大的責任。因為就算綾子小姐那麼說，只要身為男人的我有好好克制自己就不會有事了。」

「不，阿巧並沒有錯。因為你明明有試圖忍耐，結果我卻硬是要求你繼續下去……」

「…………」

「…………」

互相道歉之後，我倆陷入短暫的沉默。

感覺好尷尬……而且話題太露骨，讓人覺得好害羞。

「……那、那個，我們還是別再追究是誰的責任吧。」

不久，阿巧開口這麼說。

「畢竟木已成舟，而且雖然我也想警惕自己以後別再做這種缺乏計畫性的事情——但我還是覺得很幸福。」

「……嗯，說的也是。」

我靜靜地，但深深地點頭。

一股暖意逐漸在心中擴散開來。

覺得幸福。

知道他是這麼看待懷孕這件事，我真的感到既開心又安心。

我不由得回想。

回想得知懷孕那天的事情。

在三個月的東京出差即將接近尾聲時——
起初——我以為生理期只是稍微延遲了。
但是隨著日子一天天過去，我漸漸起了疑心。
因為……我有頭緒。
心裡有譜。
是那一天！
我甚至可以這樣明確地鎖定目標。
心想這不是可以獨自承擔的事情，我立刻就和阿巧商量，並且決定進行檢查。
我到藥局買了驗孕棒，在廁所使用之後——
結果清楚地浮現出兩條線。

陽性反應。

為了謹慎起見，我又拿新的驗孕棒再驗一次，結果還是一樣。

懷孕了。

雖說市售驗孕棒不是百分之百準確——但仍有極高的機率懷孕了。

現在我的肚子裡，有我和阿巧的孩子。

「……！」

那瞬間，我內心的感受實在難以用言語表達。

儘管並非完全沒有喜悅的心情——然而我的心卻逐漸被更多莫名的不安感所充斥，眼前也變得一片黑暗。

怎麼辦？

今後該怎麼辦才好？

我要當媽媽了？

我嗎？

接下來？

應該說──我已經是了？

……雖然在某種意義上，我「早就已經」是母親了，但是這次和身為美羽的母親截然不同。

這是我有生以來第一次──懷孕。

假使一切順利，我將會忍痛生下自己的孩子。

怎麼辦？怎麼辦？

呃，我首先應該要做什麼啊？

不管怎樣，我應該要先去婦產科領媽媽手冊嗎……？話說回來，工作怎麼辦？如果我現在懷孕了，要什麼時候請產假和育嬰假……我得找狼森小姐商量才行──

最重要的是。

阿巧。

他──會怎麼想？

在這個時間點懷孕，想必絕對不是他所期望的。

因為他——還是大學生。

而且接下來照理說也要開始找工作了——無論如何，他都正處於應該多多和朋友玩樂、享受青春的年紀。

因為不管怎麼說，他都還只是二十歲的大學生。

以承擔父親這項重責大任來說，他還太年輕了。

肚子裡的孩子和我，無疑將成為他人生的重擔。

既然如此，這孩子就由我一個人——

又或者……

也必須將墮胎這個選項列入考慮——

「…………」

我愈想，思緒就愈發負面陰沉。

儘管眼看就快被不安所擊垮，我仍勉強拖著雙腿走出廁所。

「綾子小姐……」

在客廳等候的他憂心忡忡地跑過來。

「結、結果如何？」

我沒能立刻回答他的問題。

但是──這不是可以隱瞞的事情。

我強忍住想要逃離的心情。

「……是陽性。」

這麼說道。

聲音不由自主地顫抖。

「我好像有了……」

「…………」

「呃……但是現在還不能百分之百肯定……因為這種驗孕棒並非完全準確，去婦產科仔細進行檢查之後說不定會有不一樣的結果……」

我像在找藉口似的拚命說。

要是他不想要孩子怎麼辦？

要是被他討厭怎麼辦？

要是他覺得困擾怎麼辦？
要是他嫌麻煩怎麼辦？
各式各樣的負面想法掠過腦海。
因為害怕看見對方的表情，我於是閉上雙眼。

「太好了。」

結果。
阿巧這麼說。
以像是自然而然從口中吐露出來的微小音量。
我不由得睜開雙眼。
眼前的他——一臉看似幸福的表情。
「咦？」
「……啊！對、對不起，我這樣說好像太不負責任了……明明接下來最辛苦

的人是綾子小姐……而且說起來，要不是因為我沒有確實做好避孕措施，妳也不會懷孕……」

慌張地解釋一堆之後——

「但是……」

他接著說。

臉上表情真的感覺幸福無比。

「我真的……很開心。我居然和綾子小姐有孩子了，這簡直就像在作夢一樣。」

「…………」

「與其說像是在作夢……應該說我的夢想成真了。因為和綾子小姐結婚、組建家庭，是我從十年前就一直懷抱的夢想。」

「…………」

「不過嘛……先後順序顛倒這一點是應該要好好反省才對……話說，接下來要怎麼辦？這件事也得向彼此的父母報告才行……啊，不對！還是先去醫院吧，醫院！我也一定會陪妳去的！」

「…………」

直到現在，阿巧才表現出內心的不安與擔憂。

至於我則是完全愣住了。

我發現原先籠罩整顆心的陰鬱不安，此刻已消散得無影無蹤。

啊——

怎麼會這樣呢？

看來我對阿巧真的還不夠瞭解。

必須將墮胎也列入考慮——我對有這種想法的自己感到可恥。

當然，我想阿巧心中並不是沒有不安的情緒。

他應該也會感到恐懼。

可是他卻將那種種的負面情緒擺在一旁——第一個做出的反應是高興。

為了我的懷孕、我們的孩子感到高興。

這個事實——令我欣喜無比。

儘管時間點不在預期內——這次懷孕卻並非不受期待。

多虧有他，我才能夠打從心底這麼認為。

注意到時，我和阿巧的談笑已經變成我的發牢騷時間了。

「我跟你說，美羽她最近真的好囉嗦，簡直就像小姑一樣。」

「這表示她很擔心妳啊。」

「而且她還說我『太悠哉』。」

「這個嘛，綾子小姐感覺起來確實是有點悠哉呢。」

「咦？怎麼連你也這樣說？」

「啊哈哈。」

「真是的……也不想想是誰害的。」

「咦？」

「……沒有啦，沒什麼。」

說完，我喝了一口蒲公英咖啡。

態度悠哉。

關於這一點——我確實無可反駁。

我現在的心情平靜到連我自己也嚇一跳。

在意外的時間點懷孕，而且還是年過三十第一次生產。

明明值得不安的事情多得是——然而不知為何，我感受到更多的卻是幸福與雀躍。

可以將這次懷孕——視為是幸福的事情。

可以抱持著「這一定是命運的安排」的想法。

我的心態之所以能夠如此樂觀、平穩——原因再清楚不過了。

都是因為阿巧——都是托阿巧的福。

「……對了，我們也得想想孩子要取什麼名字呢。」

「說的也是。綾子小姐，妳會在意筆劃嗎？」

「這個嘛……是不是應該要在意比較好啊？」

「我是覺得可以在意一下……因為聽說一旦決定不去在意，之後就千萬不要再去研究筆劃，否則就算只是稍微看看，心裡面也可能會產生疙瘩。」

「啊……說得有道理。」

「不過好像也有人是孩子出生後，看過長相才決定取什麼名字。」

「咦？那樣感覺好難喔，因為孩子出生後恐怕就沒有時間慢慢思考了。」

看在旁人眼裡無關緊要的話題。

但是對我們而言，卻是事關未來的重要話題。

雖然接下來應該會面臨許多考驗，不過我有種感覺，只要和阿巧一起，無論何種難關我們都能共同跨越。

…………

諸如此類。

好吧。

儘管我做出了如此正面的結論——然而我們很快就體會到一件事。

體會到懷孕和生產……並非單單只有幸福而已。

以及……

面臨大學生成為父親的這個現實。

第二章
孕吐與決定

♥

十二月中旬——

東北的城市稀稀落落地降下了初雪。

好像只有晚上下了一點，家門外薄薄地積了一公分不到的雪。

今天的天空晴朗無雲，大概再過幾小時雪就會全部融化吧。

我踩著薄雪，將回覽板拿去隔壁家——左澤家，結果是阿巧的媽媽——朋美小姐出來應門。

「哎呀，是綾子小姐。」

「早安。」

「妳這種日子出來走動不要緊嗎？」

「沒事啦，反正雪只下了一點點。」

「妳要小心喔，因為要是跌倒就糟糕了。回覽板這種東西，妳只要打電話來

叫我去拿就好了呀。」

「不不不，怎麼能這麼麻煩妳呢？」

我苦笑著搖頭。

「唉，不過我到現在還是不敢相信耶。」

結果朋美小姐感慨地說。

「我居然明年……就要有孫子了。」

「…………」

「我早就知道巧一直很喜歡你，所以對於你們交往這件事並不感到驚訝……不過，我實在沒想到你們會這麼快就有孩子。」

「…………真、真、真的非常抱歉。」

我深深低下頭。

正當我準備下跪道歉時，朋美小姐連忙制止我。

「啊，不、不是啦！我沒有要責怪妳的意思……我只是心裡暫時還有點難以適應而已……」

「呃，可是……」

「妳不用再道歉了。因為之前兩家見面的時候……大家已經互相道歉得夠多了。」

朋美小姐以溫柔的語氣說。

「我和巧的爸爸已經把妳當成家人一樣看待，妳要是有什麼問題儘管開口喔。畢竟這是我們的第一個孫子，等孩子出生後，我們會盡己所能寵愛他的。」

「……是、是的。」

好感動……！

感動到眼淚都要流出來了……！

有這種宛如聖人的婆婆，我真的好幸運啊。

「妳的身體還好嗎？有沒有孕吐之類的……」

「我的狀況很好耶，完全沒有任何症狀。」

「哎呀，是嗎？」

「聽說也有的人完全不會孕吐，我說不定也是那種體質的人喔。」

「哇，那真是太好了。」

「就是啊，我真是太幸運了～」

我倆啊哈哈、喔呵呵地相視而笑。

和朋美小姐結束溫馨對話的——三天後……

我見識到了真正的地獄——

「……唔噁噁噁噁噁噁噁噁！」

嘔吐。

我蹲在廁所裡，把胃裡面所有東西都吐出來。

「……唔噁、唔噁噁……唔噁噁……嗚、嗚嗚……」

即使全都吐完了還是想吐，明明什麼都吐不出來依舊作嘔。

「……哈啊、哈啊……」

歷盡千辛萬苦才離開廁所的我，踩著殭屍般的步伐回到客廳，然後就這麼倒

在沙發上。

「啊……」

不舒服。

總之就是好不舒服。

想吐、反胃，而且異常想睡。

我已經知道原因了。

這大概就是俗稱的——孕吐吧。

孕吐。

從懷孕第五、六週左右開始出現，症狀包括噁心、嘔吐、食慾不振、嗜睡等的身體異常。

每個人的狀況不盡相同，無論症狀還是時期都因人而異。

據說就連現代醫學也尚未釐清孕吐的機制。

相關知識我早就知道了……但我萬萬沒想到會這麼難受。

短短三天前，我還在想「我搞不好是不會孕吐的體質喔～好幸運～」……

結果突然就來了。

而且還來得又急又猛。

「……啊～唔～」

我躺在沙發上，懷著好比抓住救命稻草的心情。

『喂？』

像個殭屍一樣，動手打電話給自己的母親。

「啊……媽……」

『綾子？妳還好嗎？』

「……不好。好難受。這是什麼情況？我該怎麼辦才好？我現在不舒服到快死掉了……」

『沒辦法啊，孕吐就是這樣。』

「肚子……胃整個空空的……感覺好怪、好不舒服……」

『看來妳是典型的飲食孕吐呢。』

「飲食孕吐……這是什麼意思？是吃東西會惡化？還是不吃東西會惡化？」

『是不吃東西會惡化啦。』

「是喔……那真要說的話，應該是叫『空腹孕吐』，而不是『飲食孕吐』吧？這名字真奇怪……」

『我哪知道那麼多啊？』

因為實在太不舒服了，我忍不住吐槽這種無關緊要的事情。

『總之妳要隨時吃點東西。只要不讓自己處於空腹狀態，症狀應該就會稍微緩解。』

「可、可是……感覺吃了就會吐出來。」

『妳要吃口味清淡、好消化的食物啦。』

「而且……婦產科醫生也跟我說不可以吃太多，否則體重增加過多就不好了。」

『那是當然的啊。』

「咦……」

什麼跟什麼啊？

這樣會不會太矛盾了？

不吃會不舒服。

吃了又會想吐。

如果想要解決飲食孕吐的症狀，最好要隨時吃點東西以免空腹，可是又禁止過度發胖。

……呃，這會不會太強人所難了？

到底是多要求細緻的平衡啊！

「啊～我太小看了……我完全小看了孕吐這件事……對不起，我還以為自己是不會孕吐的幸運兒……」

『妳在跟誰道歉啦？』

母親傻眼地說。

「孕婦真的好厲害喔……大家居然都經歷過這樣的地獄……」

『孕吐這件事真的是每個人狀況都不一樣啦。不會孕吐的人就是完全沒事，但也有的人會一直持續到懷孕後期。』

持續到懷孕後期？

不會吧？

這種情況要是再持續個半年，我看我真的會沒命……

『症狀也是每個人都不盡相同。有些人是對食物的喜好徹底改變，也有人是突然討厭起特定的氣味……還有就是不管怎麼睡都睡不飽。』

「啊……我好像就是這樣。」

睡不飽。

我從昨天開始就一直好想睡。

明明晚上有睡覺，睡意卻依舊濃厚。

渾身懶洋洋，腦袋昏沉……好、好想睡。

『妳也只能想辦法撐過去，並且祈禱症狀早日結束了。』

「……好像也只能這樣了。」

孕吐不是病，沒辦法服藥治療。

這麼一來……也只能靠著對症療法忍耐過去了。

『如果真的很難受要說喔，我會馬上過去幫忙的。』

「……嗯，知道了。到時就麻煩妳了……」

通話結束。

我依舊躺著，無力地放下拿著手機的手。

其實我很希望我媽現在就來，但是因為之前我去東京出差時就已經麻煩過她好幾個月，實在不好意思再提出這種要求。

雖然我覺得只要拜託朋美小姐，她應該也會願意幫忙……可是……

我總覺得孩子出生之後，應該會給他們兩位添許多麻煩，所以也不敢從現在就過度依賴他們……

所幸，我的孕吐症狀並沒有非常嚴重。

難受是難受……不過根據我從網路上查到的資料，有很多人的症狀要比我嚴重多了。

不能只是因為想吐和想睡覺就休息一整天。

……我雖然這麼想……啊～但還是覺得好痛苦啊。

我從昨天開始就完全沒有做家事。

期末考將近的美羽，已經表明她會放下家事、專心讀書，所以就得由我想辦法來做……可是，好想睡，真的好想睡。

正當我躺在沙發上動彈不得時——手裡的手機震動了。

是阿巧傳來的訊息。

『我現在可以過去嗎？』

我勉強擠出力氣回覆。

『可以。

門沒鎖，你自己進來。』

這樣的內容儘管冷淡，但我已經盡力了。

幾分鐘後——

喀嚓的開門聲響起。

我也知道身為女友，這樣的應對方式很不恰當，況且也有可能是小偷來闖空門，可是現在的我實在沒有力氣起身。

於是我就這麼繼續躺在沙發上——

「綾、綾子小姐……？」

結果阿巧來到了客廳。

看到像具屍體般躺著的我，他急忙跑過來。

「妳不要緊吧……？」

「……嗯，還好。」

「可是妳看起來不像還好的樣子……」

「沒、沒事沒事……我只是孕吐而已。我才想問你怎麼了，為什麼要穿西裝？」

阿巧今天一身西裝打扮。

是他在東京實習時，只有第一天穿上的那套西裝。

為了避免失禮——為了避免落入「請穿著便服前來」的陷阱，他於是穿了西裝，結果……那間公司的風氣一點都不拘謹，所以他從第二天開始就都是穿便服上班。

「因為我今天等一下要去參加就業講座。」

「啊……對喔，你之前說過。」

「我聽美羽說，綾子小姐妳孕吐得很嚴重……才想在去學校之前過來看看情況……結果沒想到會嚴重到這個地步。」

阿巧一臉擔憂地說。

「妳為什麼不告訴我呢？」

「因為……我不想讓你擔心，而且我也知道你最近正忙著開始找工作。」

「就算是這樣……」

「再說孕吐是無可奈何的事情，即使你來了，症狀也不會因此好轉。」

「……！」

阿巧臉上露出苦澀的表情。

啊，我說出了好過分的話。

可是——我也只能說。

因為要是不說得這麼明白，阿巧八成會一直陪在身邊照顧我。孕吐也不曉得會持續到何時才結束，若是阿巧只顧著照顧我，這樣求職進度會大亂的。

「我沒事啦……我就只是有點想吐、覺得噁心、渾身無力，還有異常想睡而已……」

「這聽起來一點都不像沒事……」

「不、不要緊，反正還有美羽在。」

「……可是家裡卻是這副模樣。」

阿巧面色凝重地環視客廳和廚房。

沒有摺的衣服。

到處堆積的灰塵。

早餐吃完後沒有收拾的餐桌。

堆滿髒碗盤的水槽。

忘記拿出去倒的垃圾袋。

我家的模樣淒慘到簡直令人不忍卒睹——

「那是因為……美羽說她這幾天要專心讀書，準備考試。」

「…………」

「總、總之不要緊啦，這些我全部會想辦法處理的。」

「綾子小姐……」

「世上不曉得有多少人的孕吐症狀比我還嚴重，我哪能為了這點小事情抱怨呢……」

我逞強地說完後想要坐起身，身體卻使不上力。

強烈的倦怠感和睡意襲來。

一瞬間差點就要失去意識。

「……啊，抱歉，我現在……恐怕沒辦法。先讓我睡個三十分鐘……等我醒來之後再處理……」

「睡、睡吧，妳還是先睡一覺比較好。」

「抱歉喔……你參加講座要加油……還有……如果你願意幫忙把大門鎖上，我會很高興的。你應該有帶備鑰吧……？」

眼皮漸漸掉下來。

憂心忡忡望著我的阿巧逐漸消失在視野中。

「……那就再見了……」

無論怎麼努力都無法保持意識，我就這麼沉沉地進入夢鄉。

「嗯……」

我張開眼，緩緩地坐起身。

身上蓋著毛毯。

一定是阿巧在去參加講座前幫我蓋上的吧。

我舉起雙手，嗯～地伸懶腰。

了。

嗯，腦袋清醒多了。雖然還沒有完全恢復常態，不過已經比睡覺前要好多了。

我拿起手邊的手機確認時間。

唔哇……已經過了五小時。

以午覺來說也睡得太久了。

儘管多虧如此，我整個人才變得輕鬆許多，但總覺得有股罪惡感……覺得自己好浪費時間。

啊……感覺我又要一事無成地度過一天了。

今天也完全沒有做家事。

話說回來，美羽就快回來了，我也得準備晚餐才行……雖然照這個情況來看，今天可能也只能吃冷凍食品，不過我至少要煮個飯——

就在我用剛睡醒的腦袋左思右想時，我忽然注意到一件事。

「……奇怪？」

屋子——整理好了。

脫下後到處散落的衣服，還有忘記拿出去倒的垃圾袋都不見了。

早餐吃完後就一直擱著的餐桌也收拾得乾乾淨淨。

然後，在餐桌後方。

廚房裡，有一個熟悉的身影正在做事。

「阿、阿巧……？」

我忍不住驚呼，結果他轉過身來。

手裡握著筷子和平底鍋。

「綾子小姐，妳醒了啊。」

請等一下。

這麼說完，他又回去使用平底鍋。

關火將煮好的料理移入盤子後，阿巧朝我走來。

他身上穿著圍裙，圍裙底下是我睡覺前見到的那套西裝。

「妳身體狀況怎麼樣？」

「好多了。可是……阿巧，你在做什麼？」

「我剛才在煮晚餐。抱歉擅自使用廚房。」

他轉頭瞥了一眼身後。

「另外……我想如果只需要微波熟食，那麼就算妳身體不舒服應該也能輕鬆一點，所以也試著做了一些可以冷凍起來備用的料理……只不過我是邊查邊做的，做得沒有很好。」

「………」

「還有，我也擅自整理了屋子。雖然我因為怕吵醒妳而沒有開吸塵器……不過我還是盡量讓表面上看起來乾淨一些……」

阿巧像在找藉口一般急促地說。

擅自打掃、下廚這件事——坦白說一點都無所謂。

我絲毫不覺得隱私有受到侵害。

我早就知道阿巧的家事技能在標準以上。

同居期間，我也受到他的這項技能諸多關照。

他知道我家的烹調器具和掃除用具擺在哪裡這一點，我也不覺得意外。

因為他從十年前就經常出入我家，對我家就好比對自己家一樣瞭若指掌。

重點不在那裡。

令我驚訝的——不是那個。

「阿巧，你該不會——」

我開口。

「一直都在我家做家事吧……？」

自從我睡著後就一直做到現在。

「……是的。」

他重重地點頭。

一直。

換句話說——

「那就業講座呢……？」

不用問也知道。

就業講座——他沒有去。

他還穿著西裝這一點就是最好的證明。

「……呃，我缺席了，啊哈哈。」

他像在敷衍地笑了笑。

「為什麼？」

「沒、沒關係啦，反正今天的講座是那種第一次最初步的講座，就算缺席也不會有什麼影響。」

「…………」

我也有過求職經驗，所以很清楚。

求職活動剛開始時的講座確實是無論參不參加都沒差。

即使不參加也還過得去。

並不會因為沒有參加就產生不利後果。

也不會造成巨大的影響。

可是——

真要這麼說的話，那麼幾乎沒有一場求職講座是非參加不可的，而且也不會

因為有參加就能為自己帶來極大益處。

重點不是那個。

要怎麼說……我認為，求職活動是那些日常活動的累積。

只要去參加那些無論參不參加都無所謂的講座，便可能從中獲得某種發現或有了特別的相遇。

「……對不起。」

可能是我一直不說話的關係吧？

阿巧一副忍受不下去地道歉。

「其實我也知道自己應該要去……知道就算我擅自這麼做，綾子小姐也一定不會高興……」

「可是──」他帶著沉痛的表情繼續說。

「見到綾子小姐那麼難受的模樣……我實在沒辦法放下妳不管。我希望可以藉著做家事，稍微減輕妳的負擔……」

「…………」

「因為……現在妳肚子裡懷的是我的孩子……綾子小姐明明正為了生孩子拚命奮戰……我卻拋下那樣的妳，悠哉地做自己的事情，這樣實在是……」

「阿巧……」

心好痛。

阿巧的這份心意、這份體貼，讓我開心到心疼。

沉默數秒之後——

「謝謝你。」

我這麼說。

「抱歉給你添麻煩了。」

「妳、妳不需要道歉啦，是我自己要這麼做的……再說孕吐本來就是無可奈何的事情。」

「不過——」

我接著說。

握緊拳頭，狠下心來。

「坦白說……你的好意讓我覺得困擾。」

「……！」

「我很高興也很感激你這麼關心我的身體狀況……但是，我認為你不應該因為這樣就不重視自己的事情。」

啊，好難受。

其實我一點都不想講這種話。

好想大力稱讚擔心母體的阿巧是了不起的爸爸。

好想用「我好開心，最喜歡你了，來親一個～」這種話解決一切，然後和他盡情共度甜蜜時光。

可是——我非說不可。

因為若是不這麼做，今後同樣的事情很可能會反覆發生。

「就算阿巧為了我犧牲自己的人生，我也一點都不會覺得開心。」

「……說、說什麼犧牲，妳太誇張了啦……今天的講座真的一點都不重要。」

「是這樣嗎？事關重大的講座，以及重要的面試、筆試……即使是那種時候，你應該也會以我為優先吧？」

以現在的我。

以身為孕婦的我為優先。

「這、這個嘛……」

阿巧頓時語塞。

這不是自戀——我是真心這麼認為。

儘管我們正式交往才不過幾個月的時間，但是已經往來超過十年了。

因此，我自認非常了解阿巧是個什麼樣的人。

他從一開始，就比任何人都還要重視我。

比起自己，他總是把我的事情擺在第一順位。

自從發現懷孕之後，他的這種態度又變得更加強烈了。

「可是……這有什麼辦法呢？」

阿巧苦著臉說。

「對現在的我而言……沒有什麼事情比綾子小姐和妳肚子裡的孩子來得重要。你們比我求職這件事要重要太多了……見妳獨自忍耐，我實在無法只考慮自己的事情。」

「我明白。所以……我現在想說的是平衡這件事。」

「平衡……」

「假如我遇到可能喪命的危機，我當然會希望你能拋下求職活動以我為優先……但如果是像今天這樣的情況，你就可以以求職為優先。」

……好吧，雖然追根究柢，要不是因為我孕吐到渾身無力、完全沒辦法做家事，阿巧也不會這麼做，不過這件事還是先放一邊好了。

「孩子的確很重要，沒有比這更重要的事情了……可是求職同樣也很重要。你的人生也一樣非常重要。」

「我的人生……」

「阿巧，我現在非常幸福。」

我說道。

把手貼在肚子上這麼說。

「這次懷孕雖然出乎預料……我依然覺得很幸福，有種長年以來的夢想終於實現了的感覺。而這一切的一切——全都是你帶給我的。」

「咦……」

「是因為你由衷為這孩子的到來感到喜悅，以及打從心底想要理解我這個孕婦的感受……我才能感到如此滿足。」

「……呃，可是這是我應該做的啊。」

「就是你將其視為理所當然的態度讓我很開心。」

我堅定地對依舊謙虛的他說。

鄭重地傳達我有多麼感謝他。

「因此，我希望你也能像對待我一樣——好好地重視自己。」

「重視自己……」

「我想，從現在開始到孩子出生，一定會遇上許多辛苦的事情，或許等到孩子出生後還會更辛苦也不一定。要是沒有阿巧的大力協助，我想我一定會撐不下去。」

「…………」

「儘管如此——我還是不希望你因為這樣犧牲掉自己的人生。」

「…………」

「因為太顧慮我而不重視求職這件人生大事，結果沒能進入心目中理想的企業，或是只能進入自己其實並不想進入的業界……若是你像這樣求職失敗了，到時我真的會懊悔不已，會覺得是因為我懷孕才拖累了你。」

「才、才沒有那種事。」

「阿巧——」

我說道。

「拜託你多替自己想一想。」

這是我——發自肺腑的請求。

對一直以來始終以我為最優先的他，真心的請求。

就某種意義上，這或許是愛情，也是一種任性的表現吧。

「當然，我想我也會有真的需要幫忙的時候，到時我一定會開口拜託你。所以在沒有那麼緊急的時候……在攸關將來的這個重要時期，我希望你能全力以赴去面對自己的人生。」

二十歲。

大學生。

正在求職。

阿巧現在正處於人生中非常重要的時期。

懷孕這件事已帶給他相當大的負擔。

因此，我想要盡己所能為他做點事情。

雖然我幫不了太大的忙，之後大概還會時常依賴他，但我還是希望至少讓他「有時間去求職」。

「我希望阿巧能夠去做你自己想做的事情，希望你做出不會讓自己後悔的選擇。這便是我對你的期望。」

無論什麼樣的工作都無所謂，我只希望他能夠做自己想做的工作。

當然，求職過程未必會很順利，也未必能夠從事自己喜歡的職種——然而我還是希望他能夠全力以赴。

想讓他能夠發揮全力。

「……雖然我明明孕吐到快死了，好像沒資格擺出一副了不起的姿態跟你說教……不過，你真的不要勉強壓抑自己喔。你可以再更信任我、依賴我一點沒關係。」

「…………」

「放心吧，剛才我也說過，我一定會在真的需要幫忙時開口向你求助。所以我希望……阿巧你也不要壓抑自己，儘管依賴我。」

阿巧沉默一陣後——

「謝謝妳。」

微微低頭致謝。

「……綾子小姐說的沒錯，其實我也覺得現在這種不上不下的狀況很不好。」

之後他再次抬頭，直視著我。

「我會重新審慎思考自己的人生與將來。」

「嗯，這樣比較好。」

我總算放下心中大石。

啊，太好了。

這下阿巧應該會專心找工作了。

我安心地這麼想。

從結論來說……我太天真了。

我原以為自己已經很瞭解了，結果看樣子，我對阿巧這個男人的本質似乎瞭解得還不夠透徹。

三天後——

阿巧說他有話對我說，於是來到我家。

由於今天孕吐的情況沒有那麼嚴重，因此我是坐在椅子上和阿巧隔桌相對。

結果他所說的內容——令我大吃一驚。

「——不、不找工作了……？」

對著嚇到聲音都變調的我。

「是的！」

阿巧大力地點頭。

眼裡甚至沒有一絲迷惘。

一臉徹底想通了的表情。

「你說不、不找工作……是什麼意思？」

「就是完完全全不找工作了。」

「…………」

「我決定放棄以應屆畢業生的身分就職。不過我還是會姑且把大學讀完就是了。」

「咦、咦咦……？」

我難掩困惑。

完全無法理解他所說的話。

「那、那你……畢業後要做什麼？」

我反射性地這麼問，結果阿巧不假思索地回答。

「我想當家庭主夫！」

「家、家庭主夫？」

我忍不住再次怪聲驚呼。

「我想要當家庭主夫好好地育兒和做家事，成為綾子小姐的後盾。」

「…………」

「啊，不過我當然不會一輩子都當全職主夫。我心中的理想狀況是專心當家庭主夫幾年，等到育兒工作稍微穩定了再去找工作。」

「…………」

阿巧喜孜孜地對驚魂未定的我說。

「多虧綾子小姐，我終於找到自己想做的事情了。」

「……咦？」

我？

多虧我？

「三天前聽綾子小姐那麼說之後，我也認真思考了自己的人生和將來，想要找出自己真正想做的事情……結果我終於想通了。」

阿巧這麼說。

以彷彿得到天啟一般堅定的神情。

「我想做的事情就是——成為綾子小姐的後盾！」

「……什麼？」

怎麼會？

阿巧怎麼會想到那邊去？

「……不、不對不對！」

我連連搖頭。

「這樣太奇怪了啦！我不是叫你不用考慮我的事情嗎？我明明是希望你不要

老是替我著想，要你去做你真正想做的事情……」

「我想了啊。我完全沒有考慮綾子小姐的事情，以自己為出發點認真地思考過了。最後我得出的結論是——我果然還是想成為綾子小姐的後盾。」

「…………」

「再說，我實在不認為依現在的狀況，我有辦法專心找工作……就算妳叫我不要在意，我無論如何還是放不下心……所以我想既然如此，我不如就放棄求職，專心當家庭主夫好了。」

「…………」

你也太果決了吧！

好驚人的決斷力！

「咦、咦……呃……」

怎麼辦？

完全出乎意料。

站在我的立場，我是希望阿巧可以專心求職，從事他喜歡的職種……豈料竟

有如此驚人的發展。

沒想到他居然不找工作了。

沒想到——他居然要成為我的員工！

「……我也好喜歡努力工作的綾子小姐喔。」

不顧飽受衝擊的我，阿巧滔滔不絕地說起來。

「和認真工作的綾子小姐共同生活了三個月……我非常清楚綾子小姐有多喜歡並且重視妳現在的工作。所以……一想到這次懷孕可能會對妳的工作造成影響，我心裡就好著急……」

我認為——這是無可奈何的事情。

既然懷孕了，既然即將生育孩子，就必須在某種程度上減少工作量。

儘管現在時代已經不同了，況且我們公司——狼森小姐並不會因為女性懷孕、生產就改變對那個人的評價，然而終究還是有其極限在。

我恐怕無法像現在這樣全力投入工作。

倘若再加上阿巧求職及出社會第一年等因素，屆時育兒工作無論如何都得主要由我來承擔。

對於這一點我早有心理準備，也覺得這是無可奈何的事情。

但是——

「……這麼說來，你果然還是為了我。」

「不是的，我是為了我自己。是因為我喜歡努力工作的綾子小姐，才會希望妳生了孩子後繼續全力工作。我想要在一旁支持守護妳。」

而且，阿巧接著說。

「我不想讓自己後悔。」

不想讓自己後悔。

這是我之前說過的台詞。

「要是沒能在現在這個時候，這個最重要的時期，為了綾子小姐和孩子全力以赴……我將會後悔一輩子。」

阿巧用堅定的眼神說道。

「所以，請務必讓我成為妳的後盾。」

「…………」

我無言以對。

內心可以說感動至極。

啊……

怎麼會這樣呢？

我原以為自己從以前就對他十分熟悉，交往之後……更是沒有人比我瞭解阿巧──如今看來是我太自以為是了。

我還不夠瞭解。

這名青年對我的愛有多深──

「阿巧果然是阿巧呢。」

「……妳是在誇獎我？還是覺得傻眼？」

「應該都有吧。」

我嘻嘻一笑。

「全職主夫啊……雖然完全出乎我的預料，不過既然這是你發自內心的期望，那就得認真考慮才行了。」

「是……不過……假使綾子小姐反對，我還是會重新考慮的。畢竟我雖然說得冠冕堂皇，實際上卻等於是在說『我不要工作，妳來養我』……」

「現在已經不是那種計較誰養誰的時代了啦。做家事和帶小孩也是一份了不起的工作，沒有上班賺錢的人比較偉大這種事。」

當然——當家庭主夫也是一樣。

唔嗯……

雖然我之前完全沒有想像過這樣的未來，但說不定其實還不賴。

這棟房子是姊姊夫婦買的，房貸已經用他們兩人的保險理賠金繳完。至於美羽上大學的學費，也有我慢慢累積下來的儲蓄保險可以支付。

而且我身上其實也有一定的存款。

比起生產後，兩個新手爸媽都一邊照顧小孩一邊拚命工作，讓阿巧成為家庭主夫接受我的扶養，或許更能讓彼此的身心保持健康。

再說，像我這樣的居家工作者，本來就比一般上班族要難申請到托兒所……

所以我已經想過萬一沒有申請到托兒所，最壞時我也只能辭掉工作……但是如果阿巧願意當家庭主夫，這方面的擔憂就能全部解決。

嗯，這個辦法可行。

應該說……這麼做可能反而比較好。

兩人一起養育孩子，我努力為工作打拚，阿巧則負責做家事和帶小孩，然後美羽偶爾也會支援我們──

咦？

很好！

這樣簡直太棒了！

我彷彿見到了理想的家庭樣貌！

感覺似乎沒有比這更完美的點子了！

「……嗯嗯！」

我讓有些興奮的情緒冷靜下來，清清嗓子後做出結論。

「我已經明白你的想法了。我會積極考慮你成為家庭主夫的這個選項，畢竟有許多事情需要審慎思考。」

「我知道。我們就好好地討論吧。」

「嗯……不過，在我們開始討論之前……得先說服你的父母才行。若是聽到你要成為家庭主夫、不找工作了，他們不曉得會露出什麼表情……」

辛苦供兒子上了大學——他卻不去找工作。

決定捨棄「應屆畢業生」這個求職時最有利的王牌，成為家庭主夫。

這樣的選擇……做父母的不可能會贊成。

如果我是家長，一定會大力反對。

……我本來就已經大大打亂他的人生了，要是害他連畢業後的出路都偏離正軌，到時真的無論怎麼受人怨恨都無法有半句怨言。

必須十分慎重地說服對方才行——

「假使阿巧的爸媽極力反對……這件事就會再次回到原點……畢竟……這種事情也會關係到父母。」

「……或許是吧。」

阿巧一臉沉痛地點頭。

「儘管我也想提出反駁，說自己不是為了父母找工作，但恐怕只有不知世事的孩子才會有這種想法吧，畢竟我是靠父母出錢才能夠上大學。再說我也……很重視自己的父母，不想讓他們失望。」

「既然你能夠明白，那就太好——」

嗯？

奇怪？

怎麼感覺之前也出現過相同的情境。

「不過，妳請放心！我早就料到綾子小姐一定會在意那種事——」

對著因為滿滿的既視感而陷入混亂的我，阿巧握緊拳頭說道。

「所以已經事先說服我父母了！」

「……怎麼又是那一招！」

和在跟我告白前，先取得父母許可時一模一樣的招數。

應該說真不愧是阿巧嗎？

他的手段還是一樣高明。

看樣子，阿巧成為家庭主夫這件事已經確定下來了。

第三章
最後與逆兔

♥

在即將進入十二月下旬時，我的孕吐總算緩解了許多。
雖然沒有完全消失，但還是比起最嚴重時要好多了。
看來我是那種一次爆發，不會持續很久的類型。
另一方面，也是因為我慢慢懂得如何和自己的孕吐相處了。
像是不能在這個時間點吃東西。
如果想睡就去睡，不要逞強之類的。
我漸漸能夠掌握這些要領。
既然身體狀況穩定下來了——接下來就有許多事等著我去做。
比方說，醫院相關的事情。
雖然我從東京回來後沒多久就決定好要去哪間婦產科看診，不過還是有好多事情需要決定。和以前不同，像是無痛分娩、在家分娩等，最近的選擇好多，因此我得多方調查、仔細考慮才行。

比方說，嬰兒用品。

儘管離生產還有好長一段時間，還是得提早慢慢地把東西準備齊全。另外，由於雙方父母都還健在，由誰來買什麼東西也是一個問題。像是「嬰兒車由父親這一方買，嬰兒床由母親這一方買」，必須將送禮物給孫子的權利提早分配好才可以。

又比方說——工作方面的調整。

『哇哈哈！原來如此，全職主夫啊！我真是敗給這小子了。』

電話另一頭，狼森小姐一派覺得很有趣地豪邁大笑。

由於我的身體狀況已經穩定下來，於是我便找她重新商量今後的工作事宜，結果聊著聊著也聊起了阿巧的出路。

不是我主動提起，而是狼森小姐主動詢問這件事。

可能是因為她曾經介紹實習機會給阿巧，很好奇阿巧的出路會因為這次懷孕變得如何吧。

『哎呀，真的只能說服了他了。左澤老是做出超乎我預料的決定，這人實在有意思。』

「就是啊。」

『他對妳的愛之深切，真是令人佩服啊。』

「啊、啊哈哈。」

『……呵呵！聽到這種話居然既不害臊也不否定，只是單純感到喜悅……看來妳也變得沉穩許多呢。又或者應該說變得像黃臉婆了？』

「這個嘛……畢竟我也快要生孩子了。」

總不能老是做出那種傲嬌的反應。

青澀情侶的時期差不多該結束了。

必須安定下來，專心思考建立家庭這件事。

『哎呀，這麼說來，我可以逗著三十多歲還像國中生一樣談戀愛的妳玩的時代也已經結束了啊。感覺好捨不得喔～』

「聽妳這樣說，我真不知道怎麼回答妳……」

『不過，左澤要當全職主夫啊。這件事雖然完全出乎意料……唔嗯，不過仔細想想的確是最好的決定。因為老實說……我一直覺得要兼顧育兒和求職兩者相當困難。』

「……果、果然是這樣嗎？」

『歌枕妳雖然已經當美羽的母親十年了……但這是妳第一次產後帶小孩吧？帶小孩這件事……真的是一場戰爭啊。』

她以過來人般真切的口吻說道。

狼森小姐也曾經帶過小孩一段時間。儘管聽說她在步夢不到兩歲前就和他分開了——但是反過來說，在那之前她確實有好好地養育孩子。

『因為從生產完體力耗盡的那一天起，每天加起來睡不到三小時的地獄就開始了……就算要老公幫忙，也因為不管是餵奶還是換尿布都得從頭教起，反而自己來還比較快，而且對方任何無心的言行都會讓人感到煩躁。應該說，當對方擺出「幫忙」的態度時，就已經讓人想要「幫忙是什麼意思？這不是我們兩人的小孩嗎？」這麼反駁了。更何況我生小孩是十多年前的事情……更重要的是，對方

的父母是老一輩的人，我不曉得被用「居然讓男人帶小孩，妳這樣還算是個母親嗎？」這種話念過多少次……啊，當時真的好痛苦啊～』

「喔、喔喔……」

我什麼話也說不出來。

看樣子，狼森小姐在帶0歲的步夢時也吃過不少苦頭。

我原以為我曾經就近見識過姊姊養育美羽的辛苦，所以已經有了某種程度的瞭解……不過現在看起來，等我真正當了母親之後，恐怕會有超乎想像的辛苦在等著我。

『其實我之前一直暗自擔心妳……不過既然左澤他願意成為家庭主夫支援妳，那我就放心了。他那個人做事一板一眼又認真，當了家庭主夫後，應該什麼事都能做得非常周到吧。』

「就是說啊～感覺他自從決定要當家庭主夫之後，整個人就變得好有幹勁。不僅開始學下廚，還開始練習記帳……」

尤其記帳格外厲害。

我以前都是隨便記一記……阿巧卻是用最新的應用程式將各種項目全部記錄下來。

不僅模擬各項收入和支出，連現有的保險和電費方案他也幫我重新檢視。

『也就是說，有個勤勉又優秀的年輕丈夫替妳包辦起一切了啊。真教人羨慕耶～這根本就是所有職業婦女夢寐以求的理想婚姻嘛。』

「……就是啊。」

我只能這麼笑答。

「不過也因為這樣讓我覺得有點內疚，因為感覺就只有我能夠做自己想做的事情。明明阿巧他……出社會之後一定也能夠有活躍的表現。」

『是他自己說想當家庭主夫，不是嗎？』

「話是這麼說沒錯……」

『好啦，其實我也明白妳的心情。但是，我想妳不需要那麼擔心，因為即使沒有以應屆畢業生的身分找工作，成為社會人士的道路也不會就此永遠關閉。就算等到育兒工作告一段落，只要他想工作還是找得到工作的。』

阿巧也這麼說過。

說他打算等育兒工作告一段落，再來考慮工作的事情。

『畢竟現在已經不像從前那樣，是應屆畢業生握有絕對優勢的時代了。以他的能力，不管去哪裡都吃得開。要不然，他也可以來我們公司工作啊。如果是左澤，我非常歡迎他來公司上班喔。』

「妳又像這樣把公司當成私有物了……」

『這是我以社長身分做出的冷靜判斷啦。雇用優秀人才對公司只有好處。』

狼森小姐對阿巧的評價非常高。

唔嗯，要怎麼說呢？

若是平常，在狼森小姐做出這種獨裁社長般的發言時勸諫她，是我的職責……但是我今天實在太開心了，所以什麼話也沒說。

欸嘿嘿。

嗯嗯，阿巧果然好厲害喔！

不愧是狼森小姐，她真有眼光～欸嘿嘿嘿～

『無論如何，既然歌枕妳生產後還能繼續努力工作，站在本公司的立場真是再值得慶幸不過了。這一切都得感謝左澤呢。』

狼森小姐心滿意足地說。

大致聊完今後的事情之後——

『對了，歌枕。』

狼森小姐另起話題。

『妳和左澤……那方面現在怎麼樣了？』

「那方面？」

『這還用問嗎？當然是晚上那檔事啊。』

「……噗！」

我忍不住噴笑。

「等、等一下……妳突然問這是什麼問題啦……」

『哎呀，我很認真耶。這可是一個相當嚴肅的話題喔。』

相對於害羞的我，狼森小姐泰然自若地繼續說。

『所以，實際情況究竟如何？自從知道懷孕之後，妳和左澤還有繼續夜生活嗎？』

「……沒、沒有啦，怎麼可能會有。」

在為期三個月的同居生活中，我們的關係向前邁進了一步。

可是自從知道懷孕之後——就再也沒有做那件事了。

不是哪一方主動提議，而是自然而然就不再那麼做。

該怎麼說……或許也可以說是沒有那種氣氛吧。

「再說，我現在還沒有進入穩定期……不可以做那種行為啦。阿巧也明白這一點，所以完全沒有要求我……」

『……果然如此，跟我想的一樣。』

狼森小姐深深地吐出失望的嘆息。

『歌枕，妳知道嗎？據說老婆懷孕期間——是老公最容易外遇的時期喔！』

「——！」

這番話令我深受衝擊。

「……什、什麼？怎麼會？為什麼……？」

懷孕期間明明是女性最辛苦的時期。

做丈夫的怎麼可以做出外遇這種惡劣的行為……！

『每個人的情況各有不同……不過，沒有性生活恐怕也是原因之一。女性因為孕吐和對懷孕的不安，導致沒有餘裕去理會丈夫，於是不被妻子理會的男人，就去向其他女人投懷送抱了。』

「……！」

『既然你們自從知道懷孕後就沒有發生關係，就表示妳已經讓左澤禁慾超過一個月了。這對一個二十歲的男人……而且還是已經嘗過女人滋味的男人來說，可是相當殘酷的事情。就算他對其他女人移情別戀也不奇怪。』

「……不、不會有問題的！阿巧他絕對不可能會做那種事……我、我相信阿巧！」

沒問題。

阿巧一定不會有問題。

他不會外遇。

我相信他！

『……他的確應該是沒問題。』

狼森小姐用感覺話中有話的口吻這麼說。

『左澤巧是不會在伴侶懷孕時外遇的渣男。關於這一點，我認為不會有錯。無論何種對象誘惑他，他想必都會貫徹對妳的純愛吧。』

「…………」

『不管是年輕辣妹，還是豐腴熟女，他都絕對不會動搖……啊，豐腴熟女不就是妳嘛。』

誰是豐腴的熟女啦？

『被施打精力會增加三千倍的藥物後被迫禁慾一個月……即使在這種極限狀態下有極品美女投懷送抱，他大概也不會碰妳以外的女人吧。』

這是什麼狀況？

我是知道阿巧很值得信賴沒錯，不過這是哪門子的狀況？

『歌枕——』

狼森小姐以鄭重的語氣說道。

『繼續讓左澤忍耐下去真的好嗎？』

「忍耐……」

『他持續愛慕妳超過十年，始終為妳保守貞操對其他女人不屑一顧，然後好不容易終於可以跟妳發生關係……卻沒多久就因為懷孕必須暫時停機……這樣他實在太可憐了。明明好不容易可以品嘗自己一直以來不停妄想、迫切得到的妳的肉體……結果沒多久又得過著禁慾生活。』

「就、就算妳這麼說……那我該怎麼辦才好？」

意思是，即使他外遇也是無可奈何的事？

還是說——要我允許他買春？

這兩者我都絕對無法接受——

『很簡單啊，妳去幫他解決生理需求就好。』

「……咦？可、可是，在進入穩定期之前……」

『懷孕期間最好避免的是直接性交吧？不過女人……有的是其他滿足男人的方法。』

「……～～！」

總算明白她話中的意思，我頓時羞得滿臉通紅。

「咦、咦～～！意思是……咦～～～！」

也就是說……要我主動去服務取悅他嗎？

藉由那方面的手法來讓阿巧獲得滿足……

「呃……可是那樣……咦……」

『沒什麼好害羞的，這反而很重要呢。對夫妻而言，這是非常非常重要的交流方式。』

狼森小姐的口氣極其嚴肅。

『雖然我沒打算替外遇男說話，不過……要是做老婆的說「我懷孕了，所以

不能做愛，也沒有多餘的心力理會你，但是你不可以外遇」，這就讓人不禁稍微同情起男人了。也可以理解男人會想要藉著外遇、買春來解決性慾的心情。』

「……我、我明白妳的意思。」

我大致明白了。確實自從懷孕之後，我就疏忽了這方面的交流。

「可是……就算如此，這要我怎麼突然開始啊……？畢竟我們最近完全沒有那種氣氛……」

之前同居時我倆的距離感相當近，經常卿卿我我、打得火熱，可是自從發現懷孕之後，阿巧就變得非常替我的身體著想……讓我高興的同時，也為了親熱次數減少而覺得落寞。

『不用擔心。我就猜到會這樣——所以已經準備好祕密武器了。』

「祕、祕密武器？」

『我昨天就寄出去了，妳應該明天會收到。』

「已經寄出了？請、請等一下……我不需要那種東西啦。」

狼森小姐準備的祕密武器。

不需要。

絕對不需要。

我現在滿腦子只有不祥的預感！

我已經猜到接下來會發生什麼事了！

「反正妳八成又是想用花言巧語，騙我做出羞恥的裝扮吧？我是不會上當的！」

『唔嗯，好吧，這一點我不否認……不過，歌枕。』

狼森小姐停頓一會後，才用凝重的語氣說下去。

『這是……最後一次了喔。』

「……咦？」

『這真的是最後一次了。』

她又重複一遍相同的話。

好似在叮囑，又彷彿在仔細玩味似的。

「什、什麼東西是最後一次？」

『妳還問呢……當然是妳和左澤兩個人，可以玩既開心又害羞的歡樂遊戲的機會啊。等到孩子出生之後，你們就再也沒有餘裕可以做那種事情了喔？因為你們不再只是情侶，而是必須成為一對父母。』

啊，原來是那個意思。

我還以為有別的意思呢。

因為她說得一副像是出到第七集的輕小說要完結了的樣子，害我還以為有什麼事情。

『你們就當作是製造最後的回憶吧。趁你們兩人還是情侶時盡情做些蠢事，這樣不也挺好的嗎？』

「…………」

『你們可能再也沒有第二次機會了喔？這是最後一次了。』

「…………」

說到底，我大概在這麼稍微思考的當下，就已經被狼森小姐的花言巧語給騙了吧。

在我開始心想「這的確是最後一次了」的當下……真不知道是我已經習慣了，還是我愈來愈沒有羞恥心了。

我至今做過好幾次羞恥的裝扮，看來這將會是最後一次。

這是我歌枕綾子，最後的羞恥裝扮。

♠

那一天，綾子小姐把我叫出來。

說希望我去她家。

至於理由……她並沒有告訴我。

她要我什麼都別問，只要去她家就好。

「…………」

怎麼辦？

我現在滿腦子……只有不祥的預感耶。

過去的經驗告訴我。

當綾子小姐說出這種話時……她大致都會做出奇怪的事情。

她雖然基本上是個有常識的人而且處事謹慎……但是偶爾，真的是非常偶爾，卻會朝著奇怪的方向將油門踩到底。

這次是那種情況的可能性很大。

再加上。

今天早上，我從我的房間不經意望向屋外時……正巧目擊到有包裹送到了綾子小姐家。

上午才目睹那一幕，一到下午就被她叫出去。

唔嗯……

果然只有不祥的預感耶～

「……算了，也只能去了。」

我從一開始就沒有拒絕這個選項。因為說不定她是真的有要事找我，我還是乖乖赴約吧。

我下定決心，前往隔壁家。

按下門鈴後，我收到她傳來的ＬＩＮＥ。

訊息上面寫著「門沒鎖，進來吧」，於是我便直接進屋。

今天是平日，美羽去學校了。

至於我，現在則是處於稍微提早開始放寒假的狀態。由於我決定不找工作、要成為家庭主夫，行程一下子就變得寬鬆起來。當然我也不是只有玩，我還是有在認真學習如何成為家庭主夫，也找了短期的打工工作。

我沿著走廊，前往客廳。

「我要進去嘍。」

姑且告知一聲後，我打開門。

「綾子小──」

進去的瞬間，時間停止了。

我首先感受到的，是略高的室溫。雖說現在是冬天，這樣的溫度還是好熱，讓我不禁心想空調是不是設定成二十八度了。由於窗簾也被緊緊拉上，因此給人

一種壓迫感。

可是，整個房間帶給我的怪異感受——立刻就煙消雲散了。

因為視覺上的衝擊實在過於強大。

「啥……啊……」

說不出話來。

衝擊的巨大程度，讓我不禁懷疑自己的語言中樞受損了。

在客廳裡的是綾子小姐。

是我最愛的人。

然而，她的模樣卻是——

「……綾、綾子蹦！」

她——這麼說。

用一臉羞恥到快死掉的表情，說出羞恥到快死掉的話。

而且還微微舉起雙手比出耳朵，輕輕跳了一下。

「……………」

如果要用一句話來形容她現在的模樣——恐怕就只有兔女郎裝扮了。

兔耳造型的頭飾。

綁在脖子上的蝴蝶結。

白色手套。

黑色絲襪。

她身上的各種元素，都和經典的兔女郎裝扮相似。

可是——不一樣。

和我所知道的兔女郎絕對不一樣。

因為——相反了。

相反。

整個都反過來了。

至於是什麼東西反過來——那就是遮住的部位。

一般的兔女郎多半是穿著貼身的高衩西裝。光是如此，裸露程度就已經夠多，堪稱是極為暴露的服裝。

可是綾子小姐現在穿的衣服——完全相反。

明明有長袖和長筒絲襪，卻沒有正中央。

一般兔女郎會用西裝覆蓋的部分整個裸露出來。

當然她也不是完全赤裸，還是有遮住私密部位……可是那種遮法實在教人不放心。

胯下就只有用繩子一般的泳裝勉強遮住。

至於胸部……則是只有胸貼。

就只是貼上叉叉形狀的胸貼而已。

幾乎跟整個露出來沒兩樣。

「——！」

不妙。

這未免太不妙了吧？這套彷彿只是為了榨乾男人的精力而存在的超性感裝扮

是怎麼回事……！

「阿巧，你、你覺得如何……？」

綾子小姐對動彈不得的我問道。

語氣很正常。

看來她並不是每次語尾都會加上「蹦」。

「你喜歡這種的嗎？」

呃……等一下、等一下。

這已經不是喜歡或討厭那種層級的問題。

光是看到，我就感覺渾身的性慾快要失控了。

「綾子小姐，妳、妳在做什麼啊……？」

我勉強擠出聲音。

「這是什麼比裸體還要羞恥的裝扮……」

「呃，這個嘛……」

「在這種寒冬中。」

「唔！」

「在這種大白天。」

「唔唔！」

「而且妳還懷有身孕。」

「……嗚、嗚嗚！」

綾子小姐泫然欲泣地發出呻吟。看樣子，我因為內心過於震撼而講話太直接，結果深深地傷到她了。

大概是受了打擊吧，綾子小姐當場癱坐在地。

「……這、這其實是有原因的。」

總之，我倆姑且並坐在沙發上。

我將客廳裡的毛毯蓋在綾子小姐的大腿上。

畢竟她這副打扮跟裸體沒兩樣，要是著涼就糟糕了。

不過話說回來，既然她有把房間的溫度調高，應該是不需要那麼擔心啦。我想……她大概是為了這副裝扮才特地調高室溫吧？

「……也就是說，妳又被狼森小姐的花言巧語給騙了。」

「……嗯。」

綾子小姐微微點頭。

應該說果然不出所料嗎？從她的話聽來，這件事情背後似乎另有幕後黑手。

這一點早在我的預料範圍內。

「算了……既然如此，那也沒辦法。誰教狼森小姐如此能言善道，總能說得天花亂墜呢？」

話雖如此，我還是覺得這副打扮好驚人。

我至今目睹過好幾次綾子小姐角色扮演……不過我感覺這次的服裝格外突出。

感覺格外……性感。

「聽說……這個叫做『逆兔』。」

逆兔……原來如此。

因為和一般兔女郎露出的部分相反，才會叫做逆兔啊。

「因為最近在宅男界和成人業界有點流行，於是狼森小姐就把這套衣服寄給我。」

原來現在很流行這種糟糕的服裝……

好厲害啊，人類居然有辦法創造出這種東西。

男人的慾望果真沒有極限啊。

「其、其實我本來也覺得逆兔實在太過火了喔？因為這種裝扮根本已經算是變態了……！」

看來她似乎有自覺。

「可是狼森小姐……說這是最後一次了。」

「最後一次……」

「她說等孩子出生後就沒法悠哉了，所以這是我們兩人可以像這樣親熱的最後機會。」

啊，是這個意思啊。

我的確可以從今天的綾子小姐身上……感受到那種氣概。

那種下定決心、決絕的態度。

可以感受到一股彷彿在說「反正這是最後一次了，不管做多激烈的事情都無所謂，儘管在最後施放超大煙火、留下深刻印象吧。編輯部應該也會因為這是最後一集而放行的」，那種像是已經自暴自棄的決心。

「真是的……狼森小姐那個人還真壞心。」

我深深地嘆息。

「居然說是為了避免我外遇……這種事情根本就不需要擔心啊。」

據綾子小姐所言，她是在這方面的話題上受到狼森小姐煽動的。

因為她說老婆懷孕期間，老公外遇的風險會提高。

「因為我絕對不會在這麼重要的時期外遇……啊！不對，應該說不管什麼時期，我都絕對不會外遇！但話說回來，還是應該要特別小心……不對、不對，沒有需要特別小心這種事，我根本就不會有外遇的念頭，所以……呃——」

「……我知道。」

修正發言到一半，綾子小姐忽然打斷我的話。

「阿巧不會外遇。我不僅知道，也很相信這一點。但是，就算如此……我還是覺得自己不應該完全不替你著想。」

「…………」

「因為你……果然在忍耐對吧？」

「咦？」

「自從知道我懷孕之後……我們就完全沒有做那件事。」

「這、這個嘛……」

如果說我在忍耐，那麼我的確是在忍耐沒錯。

我畢竟是個年輕的成年男性，當然會想跟最愛的人做那件事。更何況我們才剛交往不久，最近好不容易才進展成那種關係。

說實話——我很想做。

每天都很想做。

好想一天做好幾次。

可是——

「雖然……我是有在忍耐沒錯，可是這種時候忍耐很正常。」

「……嗯，如果現在阿巧無視我的身體狀況，強迫我發生關係……我應該也會覺得有點失望。可是就算如此……我還是覺得不應該把這視為理所當然，完全不替你著想。我就是因為這麼認為，這次才會有點像是故意上狼森小姐的當。」

「…………」

「雖然做到最後當然是沒辦法……不過，該怎麼說……如果是透過其他部位來讓你滿足，我想我或許辦得到。」

「啥？」

其他部位？我不由得凝視眼前這副逆兔打扮的身體。我想應該有許多部位，都符合她口中的「其他部位」。

「我除了你以外沒有其他經驗，不曉得自己能夠做到何種程度……但只要是我能做的……我都願意去做。因為只要你快樂，我就覺得開心。」

「……綾子小姐。」

一股暖意逐漸在我心中擴散。

她的心意、體貼，真的讓我好開心。

「謝謝妳。」

我深深地低下頭。

「但是不用啦，妳現在就儘管依賴我沒關係。妳可以把我忍耐、依賴我這件事視為理所當然。」

「咦……」

「現在是妳最必須保重自己身體的時期，我希望妳能無所顧忌地依賴我。請妳把自己擺在第一位，千萬不要勉強。」

「阿巧……」

「光是妳有這份願意體貼我的心，就夠讓我開心了。」

「……說、說的也是喔？」

綾子小姐一副放心地——同時也看似有些落寞地笑了。

「討厭啦，我這人真是的，又自己一個人微微失控了。啊～好丟臉。」

她用手不停往自己臉上搧風。

「我得快點把這套衣服換下來才——」

就在她這麼說一邊準備起身的瞬間，她的動作停止了。

因為我——握住了她的手。

稍微用力地緊緊握住。

「咦……」

「…………」

「阿、阿巧……？」

「應……應該沒必要換下來吧？」

我這麼說。口中發出緊張到連我自己都感到驚訝的聲音。

「難得都穿上了，不需要這麼急著換下來。」

「……咦？」

「我想要用這副裝扮好好地享受……想要和這副打扮的妳再多交流一會。」

呼。

「…………什、什麼？」

可能是聽懂我故意表達含糊的話中含意了吧，綾子小姐滿臉通紅地尖聲驚呼。

「奇怪……？可、可是阿巧……你不是說只要有那份心就夠了嗎？」

「話是這麼說沒錯，可是綾子小姐的這副打扮實在太吸引人了。」

「……你、你不是叫我不要勉強？」

「我是不希望妳勉強自己沒錯……但如果是在不勉強的範圍內，我還是希望妳能再維持現狀一會。」

「……啊，原來如此，是這樣啊……」

綾子小姐滿臉羞澀，我也同樣害羞得要命。前面說了一堆好聽話……到頭來我還是忍不住向她求愛。

「……你喜歡逆兔嗎？」

「我覺得性感到我都快死了。」

「什、什麼跟什麼嘛……阿巧你真是的！」

儘管表情羞赧，綾子小姐臉上卻露出開心的笑容。

而我也——總算明白了。

光是互相顧慮、著想，並不是重視對方的行為。

有時相信對方、盡情地向對方撒嬌，也是尊重對方的一種表現。

所以……今天我就來撒嬌吧！

應該說，我已經不行了！

再也忍耐不下去了！

事到如今，我哪還能當什麼紳士呢！

「阿巧真的很色耶。」

「打扮得這麼變態的人實在沒資格這麼說。」

「不、不要說什麼變態啦！」

「請放心，因為我最喜歡變態的綾子小姐了。」

「呃……這話讓人一點都開心不起來。」

一邊說著無意義的對話，我倆慢慢地十指交扣，貼近彼此的身體。

我一面溫柔觸摸裸露在逆兔服裝外的肌膚，一面緩緩地將臉朝她貼近，然後疊上唇瓣。現在想想——我們似乎也好久沒有接吻了。明明同居期間每天都會接吻，但自從知道懷孕之後就完全不再那麼做了。

既然小孩即將誕生，就不能永遠當一對情侶。

必須要有即將為人父母的心理準備。

即使如此，應該也沒必要將情侶的那部分全部捨棄。

「阿巧……我最喜歡你了。」

「我也是。」

後來，我們久違地進行了大人之間的交流。

由於無法做到最後，因此從頭到尾都是綾子小姐替我服務。久違的綾子小姐和逆兔服裝……讓我獲得了超乎想像的巨大滿足。

第四章
聖夜與誓約

白雪靜悄悄地飄落在迎來聖夜的城市裡。

今晚是——一年一度的耶誕夜。

歌枕家並沒有固定的過節方式。有時是我和美羽兩個人在家慶祝，有時會外食；有時美羽會被找去參加朋友家的派對，有時則是我們去阿巧家。

一直以來，我們都是以各種形式度過耶誕夜。

至於今年——礙於我的身體狀況，因此就不考慮外食。畢竟還是別讓身體著涼比較好，況且外面積雪，要是滑倒就糟糕了。

於是，我們決定在我家開派對。

我和美羽、阿巧三人。

關於找阿巧來這件事——感覺已經是理所當然了。

沒有不找他來的道理。

無論對我，還是對美羽而言，他都是那樣一個不可或缺的存在。

「呃，那個，總之……耶誕快樂！」

配合美羽敷衍的致詞，我們三人一起乾杯。

「呼～真好喝。雖然只是普通的碳酸果汁，不過耶誕節的時候喝起來就是格外美味呢。」

滿足地喝完無酒精香檳之後，美羽又自己倒了一杯。

今天我們三人的飲料都沒有酒精。

「阿巧，你其實可以喝酒啊，不需要配合我。」

「不用啦，沒關係，再說一個人喝酒也沒意思。」

「吶，巧哥，這隻雞要怎麼吃啊？」

「啊，妳等一下，我現在來分切。」

坐鎮在滿桌派對食物中央的大烤雞。

這隻用烤箱烤好的全雞，是一道充滿耶誕節氣息的料理。

阿巧以熟練的手法，將烤雞切開分給我們。

「嗯嗯！這個好好吃喔！」

「真的很好吃耶。」

我和美羽為了美味的雞肉感動不已。外皮酥脆、裡面多汁。說實話，味道真是太棒了。

「太好了，不枉費我有事先練習。」

阿巧露出開心的微笑。

「巧哥真的好厲害喔～居然在不知不覺間變得會煮這種高難度料理了。你的廚藝是不是已經比媽媽還好了啊？」

「喂，美羽。」

阿巧制止美羽後，朝我這邊望過來。

「沒有啦，我還差得遠呢！這道菜我也只是照網路上的食譜做而已，而且還因為太不熟練，花了不少時間。」

他看著我，急忙謙虛地這麼說。

我雖然「喔呵呵」地在臉上堆起老神在在的笑容……但其實內心十分忐忑。

說的也是喔……

自從宣布要當全職主夫之後，阿巧就開始正式學習下廚，非常認真地在提升自己的廚藝。

包括烤雞在內，今天的耶誕大餐全都是出自阿巧之手。沙拉、鹹派、義大利麵……全部都是他做的。

他的廚藝搞不好已經和我不相上下，又或者已經超越我了……

啊，感覺心情好複雜啊！

在意這種事情也許是落伍的想法，但是見到男人比自己會下廚，還是不免讓我感到有些丟臉……

「巧哥，你其實可以早點搬來這個家住啊。這麼一來，我就不用下廚和做家事了～」

「……我可沒打算當傭人喔。」

阿巧開口吐槽之後──

「嗯，不過……這個嘛──」

稍微沉思一會又接著說。

「其實我也正打算儘快搬過來這邊。」

「是這樣嗎？」

阿巧點頭回應反問的美羽。

「我有考慮等明年氣溫回暖之後就搬到這個家來。」

「是喔～那很快就到了耶。」

「不過其實也沒有到搬家那麼誇張啦。反正我們兩家就住在隔壁，我打算慢慢地把東西搬過來這邊。」

「唔哇～怎麼辦？居然有男人要住進這個家了，我這個正值青春年華的女兒心情有點複雜耶～我不要跟你用同樣的熱水泡澡啦～」

「抱歉喔，妳就忍耐一下吧。」

見美羽故意說這種話嫌棄自己，阿巧微笑以對。

當然，美羽心裡應該並不反對。

無論是他要住進這個家——還是他即將成為自己父親這件事，她都已經全然接受了。

「不過阿巧，這樣真的可以嗎？」

我說道。

「你其實不用勉強急著搬過來喔。」

「我沒有在勉強啊。我只是覺得反正遲早都要搬過來住，不如早一點搬比較好。」

「要是你不在了，你父母應該會覺得很寂寞吧……」

「反正就在隔壁而已，想見隨時都見得到面。況且，我爸媽最近反而還經常跟我說『你快點搬過去幫忙綾子小姐』呢。」

阿巧面露苦笑。

在和對方的父母討論數次之後，最後大家決定之後讓阿巧來這個家和我們一起生活。

這是在考慮過各種情況後找出的最佳辦法。

而如今正處於討論搬家時間點的狀態。

感覺——事情的進展順利得驚人。

無論是阿巧還是周圍的人們，大家都把有孕在身的我擺在第一位替我著想，這一點實在令我過意不去。

我真的覺得自己好幸運也好幸福。

可是——

「…………」

忽然間。

真的是忽然間，我害怕了起來。

我也不曉得該怎麼解釋……就是覺得一切進展得好快，讓我不禁感到害怕，內心莫名產生一種很不踏實的不安感。

當然，我心裡並沒有任何不滿。我非常清楚大家都很重視我，會做出對我最好的決定。

但是……

自從發現懷孕開始，眼看日子一天天飛快地過去，我的心情實在有些無法適應。

話說回來……我們會結婚吧？

打從知道懷孕、和雙方父母商討之後，不知不覺間所有的一切都是以結婚為大前提在進行討論……回過神時，如今話題已經討論到要在哪裡生活了。

事情進展得太過順利，給人一種連跳好幾級的感覺。

明明還沒有辦婚禮，連結婚申請書都還沒有提出，就已經開始在談論生產後的事情了。

更何況，我們連正式的求婚也都——

……不。

這件事說起來，都是搞錯順序、不小心懷孕的我們的錯。

我很清楚生孩子這件事不會等人，所以現在只是把必須先解決的問題逐一解決掉而已，可是……

可是……怎麼辦？

萬一到了緊要關頭，事情朝不結婚的方向發展了該怎麼辦？

像是「我們就只同居不結婚吧」。

或是「現在這個時代，婚姻制度還有意義嗎？」

要是他跟我說這種話怎麼辦？

……沒、沒問題沒問題！

我們一定可以結婚！

我想太多了啦。

唉，莫非這就是所謂的婚前憂鬱？

又或者是……產前憂鬱？

「……媽媽，妳會不會吃太多了啊？」

被美羽這麼一說我才發現。

我正狼吞虎嚥地吃著派對料理。

「就算巧哥做的菜再好吃，妳也不該吃這麼多啊。」

「不、不是那樣的啦。」

糟糕。

我邊想事情邊吃，結果不小心吃過頭了！

都是因為料理太美味，害我一直停不了口！

「媽媽，妳最近體重增加得有點多，得特別小心才行。婦產科的醫生不是也有叫妳要稍微控制飲食嗎？」

確實是有這回事。

為了肚子裡的孩子，孕婦應該要盡可能多吃一些——這已經是好久以前的觀念了。

孕期肥胖有可能會引發各種疾病。

現代的孕婦必須以維持不過胖也不過瘦的適當體重為目標……每次去婦產科接受定期產檢時，院方都會針對體重給予各種指導。

至於我……因為孕吐嚴重時只要空腹就會不舒服，我養成了隨時進食的習慣，結果使得體重稍微超過標準值。

只有稍微喔。

真的就只有超過一點點！

「美、美羽，妳不要在阿巧面前講體重的事情啦……」

「……呃，可是巧哥全都知道啊。因為他每次都會陪妳去產檢。」

冷靜吐槽的美羽，以及在一旁露出困窘笑容的阿巧。

對喔！

阿巧每次都一定會陪我去做產檢。

他願意陪我去這一點的確讓我很開心，也感到心安……但因為體重之類的敏感話題也會被他聽見，讓我的心情有些複雜。

我也知道我們已經不是情侶，就快成為一對夫妻了，這方面的事情應該也要漸漸公開才正常，可是……唔嗯……

我到現在還是感受不到真實感。

又或者——這其實是我的願望呢？

比起成為夫妻，我還想繼續和阿巧當情侶。

比起成為父母，我還想和他繼續過著恩愛的兩人生活。

唉……不行、不行。

不可以去想那種事情。

因為我們兩人接下來必須成為一對真正的夫妻。

夜色漸深。

大致吃完派對料理，送完美羽耶誕節禮物，也品嘗完飯後的蛋糕。

就在我一手拿著無酒精香檳，一邊抓起剩下的餅乾和堅果來吃時。

「呼哇啊～」

美羽打了一個大大的呵欠。

「感覺好睏。」

她說完這句話之後便逕自離開客廳。

從上樓的聲音聽來，她似乎是回自己的房間了。

「美羽真是的。」

她這個人還是一樣無拘無束。

奇怪？

不過，我總感覺以前好像也發生過類似的情況。

「居然吃完東西馬上就去睡覺……我看她分明是不想收拾碗盤吧。」

「……大概吧。」

但我覺得她是在顧慮我們啦。

喃喃地……

阿巧小聲地補上這麼一句。

我沒能聽清楚他說什麼。

「咦？」

「不，沒什麼。別管那個了，我們再多喝一點吧。」

「……嗯，好啊。」

「雖然只是無酒精香檳。」

「雖然只是無酒精香檳。」

輕輕地相視而笑後，我們為對方的杯子注入飲料。

雖然沒有酒精，但只要能夠兩人一起喝著相同的飲料，也就不會在意那麼多了。我深切地認為比起喝什麼酒，跟誰喝才是最重要的。

在閒聊的過程中。

「……跟綾子小姐在這裡單獨喝酒，讓我不禁回想起一件事。」

「什麼事？」

「就是我生日的事情。」

「……啊，原來如此。」

對喔，我想起來了。

難怪我會莫名有種懷念的感覺，原來是因為現在的情景和阿巧生日時一模一樣。

我記得當時美羽也是中途就不見人影，只剩下我們兩人單獨相處。

「阿巧的二十歲慶生會真教人懷念耶。我還記得當時我們喝的是貨真價實的葡萄酒，不是無酒精飲料。」

想起來了。

回憶有如葡萄酒一般，從記憶的木桶中滿溢而出。

「而且我還不小心把人家送的昂貴葡萄酒灑在你身上。」

「的確發生過這件事呢～」

「然後在浴室……不小心撞見正在換衣服的你。」

「因為是現在我才敢說，當時因為見到我裸體而害羞的綾子小姐超級可愛喔。」

「啥！」

「而且妳居然只見到上半身就害羞成那樣。」

「那、那麼久以前的事……你就別提了啦。」

「不過妳現在已經不會因為看到裸體而害羞了吧，畢竟都看習慣了。」

「沒錯，因為我已經看習慣阿巧的裸體——喂，你不要挖洞給我跳啦！」

見我氣呼呼地發出抗議，阿巧嘻嘻發笑。

然後——

「……那是我一生難忘的生日喔。」

他靜靜地接著說。

一臉凝重地，以像在細細領會種種感受的口吻。

「因為……那是我向綾子小姐告白的日子。」

「…………」

「是我終於能夠向單戀了十年的鄰居媽媽，表達心中愛意的日子。雖然感覺是藉著酒膽說出來……不過，那是我人生中第一次告白。」

「……我也同樣忘不了喔。」

我還記得。

至今依舊清晰鮮明地記得。

而且接下來一輩子也都不會忘記。

「因為當時我真的嚇一大跳啊。我連作夢都沒想到，阿巧居然會向我告白。」

真的是作夢也沒想到。

我還以為他的夢想是和我女兒結婚。

「從那一天起……發生了好多事情呢。」

「就是啊。」

我們的一切——就從那一天開始。

困難重重的戀愛劇就此揭幕。

「一開始……我還徹底甩了你……」

「那也是沒辦法的事啊。我想，只要是有常識的大人都會做出那種判斷。」

「呃，可是……後來我卻又變得超級優柔寡斷……甚至還偷偷跟蹤你。」

「啊，我想起來了。當時妳還把聰也誤認為我的新女友。」

「沒錯、沒錯。」

好懷念。

因為聰也真的長得很可愛嘛。

最近都沒見到聰也，不曉得他現在還會扮女裝嗎？

啊，他不是扮女裝，應該說是做適合自己的打扮對吧？

「不過我也搞砸了不少事情呢。像是初次約會時太有幹勁，最後卻因為感冒

而落得一場空……我真是太遜了。」

「沒、沒關係啦，反正後來我們還是有出去約會啊。那天去遊樂園真的很好玩呢。」

「但是回程時好慘喔。不僅車子爆胎，又遇上大雨，於是……」

「……就在旅館裡住了一晚。」

「就是啊……」

「……現在回想起來，我真的覺得你的精神力好強大喔。明明在旅館過夜，你卻有辦法真的什麼都不做。」

「我當然不會做啊，畢竟當時我們又還沒交往。」

好懷念。

阿巧真的沒有對我出手呢。

假如當時阿巧對我出手……我們的故事究竟會發展成什麼樣子呢？

「夏天的時候，我們則是去了夏威夷渡假村Z。」

「因為那是左澤家和歌枕家的例行活動嘛。不曉得明年有沒有辦法去喔？」

「很難說耶，因為那時候孩子說不定正好要出生了……」

「可以的話，真希望這個活動可以延續下去。」

「就是說啊。夏威夷渡假村Z不僅有泳池，又有溫泉，簡直太棒了。」

「溫泉……說到這裡，今年我還不小心和你混浴了呢。」

「啊，對耶……」

「我進了浴池之後才猛然發現你也在，當時真是羞死人了……」

「不過妳現在已經可以很大方地和我一起泡澡了。」

「畢、畢我們都同居過了嘛。」

「可是最近我們都沒有一起泡澡，實在讓人有些寂寞……」

「現在不行啦！」

好懷念。

當時，我誤以為美羽喜歡阿巧。

儘管一切都是美羽的計謀，但也多虧如此，讓我得以再次確認自己對阿巧的心意，並且下定決心，即使阿巧是女兒的心儀對象，我也不想把他讓出去。

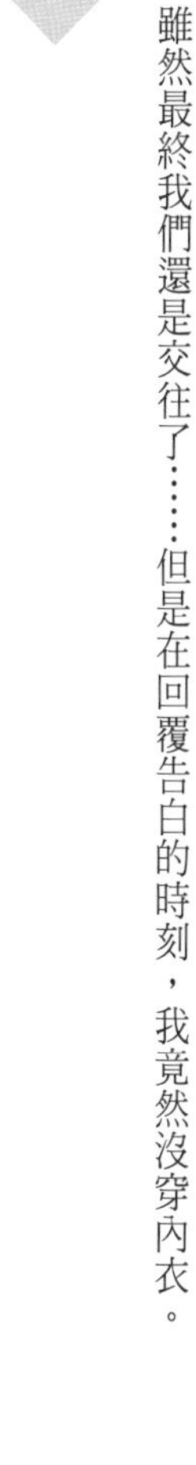

「後來從夏威夷渡假村Z回來沒多久……綾子小姐就吻了我。」

「唔……」

「我的初吻……」

「呃……」

「妳明明還沒回覆告白就親吻我，之後又不知為何開始處處迴避我。」

「……當、當時真是給你添麻煩了。」

「才在想我們終於可以交往了……結果綾子小姐那天不知道為什麼居然沒穿內衣。」

「～～！討、討厭，你快把那件事情給忘了！」

「我怎麼可能忘得了啦？」

好懷念。

我明明托美羽的福，總算察覺自己的真實心意……卻因為我自己一時猴急吻了阿巧，又變得拖拖拉拉、舉棋不定起來。

雖然最終我們還是交往了……但是在回覆告白的時刻，我竟然沒穿內衣。

唉……真受不了，那明明應該是一段浪漫無比的回憶，卻每當回想起來都會連帶想到沒穿內衣這件事。

「然後我們才剛交往，馬上就變成遠距離戀愛了。」

「我原本也以為是那樣啊，豈料卻突然開始同居。狼森小姐和你的惡作劇真是讓我嚇了好大一跳。」

「對不起。」

「不過就結果而言也算是一件好事啦。」

「同居生活真的好開心喔。」

「就是啊。說到這裡……之前還發生過阿巧的前女友登場的事件呢。」

「等等……她不是我的前女友啦。她只是曾經裝成我女友的同班同學。」

「你最近有跟有紗小姐聯絡嗎？」

「偶爾會。」

「……是喔～」

「呃，我跟她之間沒什麼啦！再說她也有男朋友了，我就只是看在曾經一起實習的份上，姑且向她報告我不找工作的事情而已。」

「呵呵！我唬你的啦，我其實一點都不介意。我才不是那麼小氣的女人呢。」

好懷念。

表面上是遠距離戀愛的，突如其來的同居。

原本就為了許多不習慣之處而煩心，結果又因為有紗小姐的出現而掀起波瀾。

雖然……她本身並沒有做錯任何事，從頭到尾都是我們自己在那邊瞎忙，但那起風波如今也成了一段美好的回憶。

而且就結果來看，那也算是促使我們往前邁進一步的契機。

「還有……狼森小姐原來有小孩這件事也讓人好驚訝呢。」

「就是說啊，真沒想到她有那麼大的孩子。」

「她和步夢現在處得好嗎？」

「他們好像相處得還挺開心喔。之前通電話時她告訴我，他們現在好像正在

一起旅行呢。」

「是喔?」

「這個月初聽說是步夢的生日……狼森小姐好像送了他一台價格不斐的電競桌機當禮物……感覺她完全開啟了遲來的溺愛模式呢。」

「啊哈哈,相處融洽是件好事啊。」

「是沒錯啦,不過……狼森小姐除了送電腦外,好像也開始對步夢實施娛樂業界和資產運用的資優教育,而且還說了『我打算再過十年就退休,之後會把公司交給步夢打理』這種不曉得是認真還是開玩笑的話……怎麼辦?十年後,我說不定會在步夢的手下工作……」

「……聽起來有點讓人膽戰心驚耶。」

好懷念——不對。

這是最近才發生的事情。

狼森小姐一向給人無拘無束的職業婦女形象,實際上卻有著曾經生下一子的意外過去。這件事雖然令人吃驚,我卻也因為從一直以為是完美超人的她身上,窺見她的軟弱與人性而感到有些開心。

自從進入公司以來，我在她手下工作了長達十年，直到最近才又感覺彼此之間一下子拉近了距離。

我希望今後還能繼續在她手下工作。

即使……十年後是在新任CEO步夢的手下工作也是。

「說長不長、說短不短的三個月同居生活也在轉眼間結束……最後還發現懷孕，然後就到了現在。」

像在做總結似的說完，我嘆了一口氣。

「真的……發生過好多事呢。」

感慨地這麼說。

過去真的發生了好多事。

自從五月被阿巧告白之後，每天的生活都猶如驚濤駭浪。

真不敢相信才過了不到一年。

這段日子的緊湊程度實在太驚人了。

「雖然這之間也經歷過許多辛苦，但如今全都成為美好的回憶了。」

「……綾子小姐說的一點都沒錯。」

阿巧深深點頭，贊同我粗糙的結語。

之後他閉上眼睛，露出感慨萬千的表情。

「感覺自從今年五月告白之後……故事便一口氣開始啟動。過去一直以來只是暗藏在我心中的愛意——原本只有我一人獨自轉動的齒輪終於和周圍嵌合，真正開始轉動了。」

啊，對喔。

雖然就我的感覺，故事的開端是今年五月，但是對阿巧而言卻不是那樣。

在他看來，故事早在十年前就已經開始。

或許正是從他初次見到我的那天起。

喪禮那天——我決定收養美羽的那一天。

那一天對我來說，是成為母親這個新篇章的開始——但同時也是我和阿巧的故事開端。

只是我沒有發現，其實我們的故事從很久、很久以前就展開了。

「當然一開始發展得並不順利，過程中也有過許多後悔、不安的情緒。但是現在能夠和綾子小姐兩情相悅，甚至有了孩子……我真的覺得自己幸福到像在作夢一樣。」

「等一下……阿巧你是怎麼了？為什麼突然這麼正經八百？」

「我想要鄭重地再說一遍。」

阿巧一如他所言的端正了坐姿。

雙眼直視著我。

他那認真的眼神，令我的心猛然一跳。

「我希望現在這份如夢似幻的幸福能夠永遠持續下去。告白的這半年來，生活中的變化雖然快到令人目不暇給，然而唯獨我對綾子小姐的心意始終不變。非但如此，我對妳的愛更是與日俱增。我果然……好喜歡綾子小姐。」

阿巧以極為認真的表情，說出讓聽的人不禁感到難為情的話。

然後——他把手伸進自己的口袋裡。

「我發誓我會愛妳一輩子。」

所以——

說完……

他將從口袋取出的東西遞給我。

「請妳和我結婚。」

那是——戒指。

一枚閃閃發亮的戒指躺在打開的小盒子裡。

「…………」

我說不出話來。

腦袋完全搞不清楚發生了什麼事。

「……騙、騙人……為什麼……咦？」

我整個人慌了手腳，完全無法理解眼前的狀況。

「怎、怎麼會有這個東西……？」

「是我買的。」

「咦……可是這枚戒指看起來好貴……」

「說來慚愧，其實這枚戒指並沒有那麼貴啦……不過，終究還是我用自己賺來的錢買的。」

阿巧賺來的錢。

他自從上了大學，就一直有在兼差當家教老師。

除了美羽，他另外也接了好幾位學生。

這次實習，聽說他也有領到三個月份的薪水。

還有……自從他決定當全職主夫之後，他便找了好幾份短期的打工工作。我本來還在想他何必這麼急著工作。

沒想到——

「我想要姑且先把這件事情完成。」

對著驚魂未定的我，阿巧帶著窘迫的笑容接著說。

「因為這次懷孕來得太突然，我們只能在連結婚這件事都沒談攏的情況下讓雙方家長見面……要怎麼說呢，感覺事情就這麼草率地匆匆進行下去了。所以，我一直很想找個機會正式向妳求婚。」

「…………」

「我本來想要儘快行動，卻又不想弄得太隨便……」

「…………」

啊──

我真傻啊。

居然還擔心我們結不結得了婚。

明明有這麼完美的對象，我到底一個人在擔心什麼啊？

「……真是的，阿巧你真傻。」

我忍不住念了他。

因為……我要是不這樣故意逞強，淚水恐怕會無止盡地潰堤。

可是……果然還是不行。

無論我再怎麼忍耐，淚水依舊奪眶而出。
這教人怎麼忍耐得了呢？
我接過裝著戒指的小盒子，定睛凝視。
戒指上鑲著一顆小巧卻十分美麗的鑽石。
一看就知道絕不便宜。
「既然是自己賺來的錢，你應該去買自己喜歡的東西才對啊。戒指什麼的又不重要……」
「怎麼會不重要呢？況且在我看來，我也是把錢花在自己喜歡的東西上啊。」
「真是的，你又說那種話了。」
「可是……這真的沒什麼大不了的。」
阿巧露出內疚的神情。
「其實，我本來想要安排一場更加隆重的求婚儀式。想要預約餐廳、安排快閃表演……可是我不想帶現在的綾子小姐外出到雪地裡……又覺得不應該延到氣溫回暖時再行動……結果最後就變成一場低預算的求婚了。」

「……別這麼說，這樣就夠了。」

太足夠了。

沒有比這更完美的求婚了。

因為——地點和告白時一模一樣。

五月。

阿巧第一次向我表達愛意的時候。

我得知他心意的那一天。

居然在和告白相同的地點求婚，我認為這簡直浪漫得不得了。我是不知道阿巧是否有把這一點也考慮進去，但至少對我而言，沒有比這更完美的求婚了。

「呃……所以，妳的答覆是什麼？」

正當我獨自感動萬分時，阿巧一臉不安地向我問道。

啊，我真失敗。

居然不小心忘記回答了。

來。

雖然根本也不需要回答。

儘管不曉得這種時候應該怎麼做才正確，我仍懷著滿腔的感動，姑且站起身

然後朝阿巧走近，猛然地——話雖如此，我還是有特別留意自己的肚子，上前給了他大大的擁抱。

「我非常樂意！」

一撲進阿巧懷裡，他便像要將我整個人包覆一般緊抱住我。

今年耶誕夜真的是好特別的一晚。

♠

求婚結束後，綾子小姐顯得欣喜若狂。

一下盯著戒指猛瞧，一下戴上戒指和我拍照留念。

不僅胃口大開吃了好多菜，還一直猛灌無酒精香檳，開心到明明沒喝酒卻整

個人像是醉了一樣——

「呼……」

最後，她趴在桌子上睡著了。

那張幸福洋溢的睡臉，讓看的人也不禁滿心歡喜。

哎呀。

在這種地方睡覺對身體不好。

待會可得把她抱進房間才行。

「咦？媽媽睡著了嗎？」

就在我為綾子小姐蓋上毛毯時，美羽從二樓下來了。

「是啊，她剛睡著。」

「是喔？所以……求婚呢？」

「結束啦。」

「這樣啊。那結果……算了，問了好像也是多餘的。」

她笑著微微聳肩。

關於今天求婚一事，我事前已經告知過美羽了。

我拜託她找個適當的時機離席，讓我們兩人獨處。

「……啊～好緊張喔。真是幸好她沒有拒絕。」

「媽媽怎麼可能會拒絕？你的求婚包準成功啦。」

「這很難說啊，搞不好她心裡其實很嫌棄沒有穩定工作的男人……」

「這件事分明已經解決了。」

「而且我買的戒指又是便宜貨。」

「已經夠貴了啦。你不是為了趕上今天的求婚，拚命做好幾份短期工作存錢嗎？」

「除了結婚戒指，其實我本來也想買訂婚戒指……求婚儀式也想弄得隆重一點。還有……我其實也想為她辦一場氣派的婚禮。」

「就跟你說沒關係了。我想媽媽心裡一定很開心，完全沒有任何不滿。」

美羽誇張地重重嘆息。

「真是的……巧哥，你的自我評價真的很低耶，都已經超越謙虛到卑躬屈膝的地步了。你的言行明明帥氣到配上三字頭大嬸會讓人覺得可惜，可是你本人卻是超級沒自信。」

「……有什麼辦法呢？」

我緩緩地坐在椅子上一邊說。

「我就是很沒自信啊。無論何時……我都對自己缺乏信心。畢竟這和打遊戲不同，根本不知道什麼才是正確解答……」

如果是遊戲，應該就會有固定的攻略法。

只要持續做出正確選擇，就能迎來快樂的結局。

可是——現實不一樣。

不知道什麼才是正確的選擇。

成為全職主夫的決定，以及這次的求婚。

我拚命想了又想，想要找出最合適的答案——可是，卻誰也都不知道那是否真的是正確解答。

「……這樣啊。」

美羽神情凝重地點點頭，也坐在椅子上。

然後在自己擱著沒收的杯子裡倒入無酒精香檳。

「不過，如果要論正確與否……我想在這個時間點讓媽媽懷孕肯定是不正確的。」

「……唔！」

這、這個嘛。

關於這一點，我想我無可反駁……

見到只能苦惱的我，美羽開心地笑了。

「對了，巧哥，你還記得嗎？」

之後她接著說。

「今年五月……你生日那天晚上，我不是中途離席了嗎？」

「是啊。」

我沒有忘記。

美羽拋下一句「好睏」就離席，留下我們兩人獨處。

然後我就……不顧一切地告白了。

「當時——我其實是故意離席的。」

「……咦？」

「我其實一點也不睏，純粹只是想離席一下，讓巧哥和媽媽有機會單獨相處。」

「…………」

「啊哈哈，再說那個時間怎麼可能會想睡覺嘛。更不可能只是聞到酒味就醉了。」

見到美羽說得一副滿不在乎，我感到錯愕不已。

直到現在，我才得知這個令人衝擊的真相。

「我是因為早就知道巧哥你很迷戀媽媽，才會特地替你製造機會。本來想說要是有什麼進展應該會很好玩，可是沒想到……你居然冷不防就告白了。」

「……！」

「結果……你被媽媽徹底甩掉了。當時我也覺得自己應該負起一點責任喔？

覺得都是我太多管閒事，才會害你們兩人的關係變得那麼僵。」

「美羽……妳——」

我還來不及把「妳不需要因此感到內疚」這句話說完。

「但是！」

美羽就氣勢洶洶地說下去。

「我現在覺得你應該要感謝我才對！一切都是多虧有我！是我的巧妙安排讓你們兩人得以結合！我才是關鍵人物，我才是愛神邱比特！這項功勞實在太偉大了！大到有資格領零用錢的程度！」

「…………」

當我還跟不上她的情緒起伏，不知該作何反應時，只見美羽微微吐了口氣。

啜了幾口杯中的無酒精香檳後——

「總之我想說的是——」

她以平靜的語調補上一句。

「什麼才是正確選擇這件事，只有等到很久以後才會知道。」

「…………」

「對於在巧哥生日當天演了一場戲……我也曾經有過感到後悔，和覺得自己『做錯了』的時候，可是現在我真的很慶幸自己有那麼做。正確與否不就是這麼一回事嗎？」

「……也許吧。」

「況且說到底……最重要的是還是心意。想要選擇正確解答的心意是最重要的，只要有那份強烈的意念，原本不正確的選擇說不定有一天也會變成正確解答。」

「喂，妳也太會亂謅了。」

這番話雖然聽起來像在胡謅——不過我很清楚她想表達的意思。

我至今做過的各種選擇。

何者正確、何者不正確，現階段是看不出來的。

而且，或許打從一開始就不存在像玩遊戲一樣，只要選了就會立起旗標、最終迎來快樂結局的選項。

「總而言之……接下來才是重點對吧？」

接下來。

接下來——一切才正要開始。

儘管求婚成功讓人有種事情告一段落的感覺，然而我們的故事還沒有結束。

接下來，我將和她永遠共同生活下去。

做過的選擇正確與否，一定是接下來才會知曉答案。

「人會在事後改變自己對選擇正確與否的想法。而當回顧自己以前做出的選擇，認為那是正確解答時……人們或許會稱之為命中注定。」

命中注定的對象。

命中注定的邂逅。

那些——可能是後來才被冠上去的說法。

只要現在和最愛的人過得幸福快樂，便會將和對方過去的一切視為早就注定好的命運。

我是覺得自己這番話講得挺好的。

「……什麼命中注定的，巧哥，你講這話很老套耶。」

豈料美羽卻顯得有些倒胃口。

喂，不要在這個時候倒胃口啦。

現在的氣氛明明就很適合講這些啊。

「不過嘛……可能就跟你說的一樣吧。」

美羽苦笑著說。

「只要大家能夠幸福地活下去，之前做出的所有選擇都會變成正確解答。即使是『奉子成婚』，只要十年後大家可以笑著度日，也會產生『這樣反而比較好』的想法。」

語畢，美羽朝我舉杯。

「我的媽媽雖然年紀有點大，不過以後也麻煩你照顧了，巧哥。」

「……好。」

「還有，你也要順便照顧我這個超級可愛的女兒，和即將出生的小寶寶一輩子喔。」

「知道啦。」

我也拿起杯子，和美羽的杯子輕碰。

清脆的聲音響起。

我要對這位能幹的女兒，以及最愛之人的幸福睡臉發誓。

從今以後，我一定會讓我的家人幸福一輩子——

不對。

是讓包括我在內的全家人永遠幸福。

幸福到覺得過去的每一天都是正確解答，都是命中注定——

第五章 餘韻與日常

第五章
餘韻與日常

♥

歲月在轉瞬間流逝。

新的一年到來，冰雪融化、草木萌芽，溫暖的季節降臨大地。

一轉眼，耶誕夜的求婚已經過了四個月。

這段期間的活動當然多得不得了，每天都過得十分忙碌。

過年、情人節、白色情人節等季節性活動。

美羽和阿巧升級之類的學生活動。

我們就這麼一邊完成各式各樣的例行活動，一邊度過充實的每一天。

至於我個人，雖然肚子愈來愈大了，不過隨著孕期進入穩定期，孕吐狀況已完全消失，如今正過著較為平穩的懷孕生活。

「……啊～咦？不會吧！在這裡結束？」

某個星期天的早上。

我坐在客廳沙發上，對著電視大聲哀號。

阿巧則坐在我隔壁。

「唔～……『愛之皇』還是一樣總在精彩時刻結束耶。」

「這個禮拜的劇情同樣充滿衝擊性呢。」

「就是啊，真沒想到……主角所持有的虛擬貨幣居然會在這個時候大暴跌！我還以為她穩穩地大賺一筆了……！」

我們剛才所看的節目——當然是愛之皇。

新系列「愛之皇・Meta」從二月開始播映。

順帶一提。

我和阿巧已經在三月遞交結婚申請書，正式成為夫妻了。

三月十五日是我們的結婚紀念日。

順帶一提，那一天是……我深愛不已的「愛之皇・索麗緹雅」，也就是水雞島灯弓的生日。

……呃，其實我也不是非得選在那一天結婚不可啦！

只是因為我們決定三月左右提出結婚申請書，我才想說既然如此，乾脆選在小灯弓生日那天登記好了……

後來，阿巧在大學放春假的時候搬來我家。

多虧如此，我們相處的時間增加許多。

星期天——是我們兩人固定即時收看「愛之皇」的時間。

「哎呀，不過話說回來……今年的愛之皇還真是驚人啊。沒想到——竟然會推出以元宇宙和虛擬貨幣為主軸的系列。」

「真的是融入了最新潮流呢。」

「在元宇宙空間裡，藉由消費……『銷毀』虛擬貨幣來變身，這樣的設定真是太令人佩服了。企圖竊取虛擬貨幣的敵人和主角方拚命交戰，不過……雙方在元宇宙空間利用高度運算發起的戰爭，就結果而言卻變成了某種挖礦行為……」

「原以為支持主角們的財團，實際上卻是透過引發雙方的戰爭來大賺一筆……好深，這水好深啊。」

「我本來覺得小孩子不適合觀看這樣的內容……但是現在反而認為應該要給

小孩子看才對。甚至希望生活在現在這個時代的所有孩子都能看看。」

「我真的從這部作品中學到很多耶。我本來還不太瞭解什麼是區塊鏈、NFT，結果多虧這次的『愛之皇．Meta』，現在我全都明白了。」

「還有，主角的設定也很棒呢。守財奴一般的性格，如果沒錢拿就不變身，而且一定會對自己幫助過的對象收取酬勞和經費。」

「角色形象不僅大大背離以往的英雄、女英雄，甚至感覺像是被塑造成壞蛋角色了。」

「沒錯！就是那種反差感才好！這次建構出來的嶄新英雄形象，可以說為『英雄免費助人是理所當然的事情』、『英雄為了賺錢奔走是不對的』這種上個時代的風潮投下一枚震撼彈！」

「要怎麼說……感覺好有現代感喔。英雄畢竟也是人類，也有自己的生活和人生。而且主角感覺也不單單只是守財奴，而是擔心自己無償作戰……或是收費過於低廉，會破壞整個社會……整個市場的行情。」

「畢竟資本主義就是這麼回事啊，一切都是由行情來決定的。」

「我感覺我看了這個系列之後，理財知識吸收得愈來愈多了。」

「我也是、我也是。我本來以為股票投資等於賭博，但是現在價值觀整個都改變了。認為把錢存起來才安心的時代或許已經結束了吧……」

能夠和老公一起即時收看星期天早上的動畫真是太幸福了！

啊，好開心！

「那麼我差不多該去做家事——」

「咦？家事可以等一下再做啦。」

我抓住準備起身的阿巧的手。

「我們再看一會『愛之皇』吧。」

「咦，可是已經播完了啊？」

「我要在串流平台上看以前的作品！」

不待阿巧回答，我便逕自操作遙控器，將電視畫面從無線電視切換成影音串流平台。

然後點選已經加入收藏片單的「愛之皇」。

「呵呵～要看哪個好呢？……嗯，還是看不朽名作『愛之皇・鬼牌』好了！再說我之前看到一半就停下來了。」

「綾子小姐，妳不是已經有『鬼牌』的藍光光碟了嗎？」

「呵！阿巧，你太天真了。特地在串流平台上收看已經有光碟的作品，為播放次數做出貢獻，這才是真正的支持行動啦！因為只要像這樣子展現『鬼牌』至今依舊大受歡迎，DANBAI說不定就會繼續推出新玩具！」

「……真不愧是綾子小姐。」

阿巧用有些傻眼的表情這麼說。

好吧……其實也有一個很大的原因，單純是因為我懶得把藍光光碟拿出來再收回去。居然能夠透過每月付費的影音平台無限收看許多過去的名作系列，現在這個時代真是太棒了。

「這孩子一定也很開心。」

我摩娑變大的肚子一邊說。

「因為這孩子從在媽媽肚子裡就可以看『愛之皇』呀。」

「……就算退一百步來說，如果是普通的系列倒還無所謂，不過我覺得『鬼牌』對胎教實在不太好……因為那是歷代最血腥也最淒慘的系列。愛之皇們互相殘殺這樣的情節，如果換成是現代，那是絕對無法播映的……」

「沒、沒關係啦！這孩子會因為看了這種東西而堅強地長大的！」

我一邊摩娑肚子一邊反駁。

……不過話說回來，等這孩子出生後，我是不是應該要稍微克制一點呢？小時候先從比較和平通俗的系列開始入門，等到這孩子十二歲……不，大概十五歲左右再看「鬼牌」好了。

「……話說——」

阿巧定睛望著我。

「妳的肚子真的變大了耶。」

然後伸手輕柔撫摸。

「就是啊，已經大到一眼就能看出我是孕婦了。」

最近肚子突然變得好大。

我已經開始在擦預防妊娠紋的乳液了。

「感覺……寶寶像是在說『我在這裡』。」

「呵呵，什麼跟什麼啦？」

就在阿巧輕柔撫摸的那個時候。

咚。

輕微的撞擊力道從肚子裡面向外傳來。

「啊，剛才……！」

「嗯，寶寶踢了。」

我點頭回應兩眼發亮的阿巧。

「唔哇～好棒！我終於在寶寶踢的時候摸到了！」

他臉上露出開心無比的笑容。

寶寶至今踢過我好幾次，但是今天還是頭一次正好在阿巧摸我肚子時踢。

每次只要我說「寶寶踢了」，阿巧總會急忙跑過來摸，摸了之後寶寶卻經常毫無反應，所以好不容易對到時間點讓阿巧非常開心。

「呵呵！不曉得寶寶知不知道是爸爸在摸喔？」

「寶寶會知道嗎？喂～我是爸爸喔～」

我倆相視而笑。

整個人幸福到不禁心想「所謂幸福大概就是這麼回事吧」。

「唉……寶寶一天天長大是很令人開心沒錯……不過肚子要是再大下去，日常生活就會變得非常不便了。」

像是剪腳趾甲、穿襪子都會變得很辛苦。

不過其實這些事情，阿巧從很早之前就會幫我做了。

一開始我還覺得很不好意思，但後來也就漸漸習慣了。

「而且不只是肚子……就連胸部也稍微變大了。」

「……！」

我才喃喃說完，阿巧頓時停下動作。

「果、果然是這樣嗎？」

「你說果然……莫非你已經注意到了？」

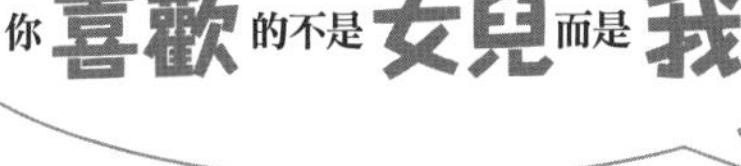

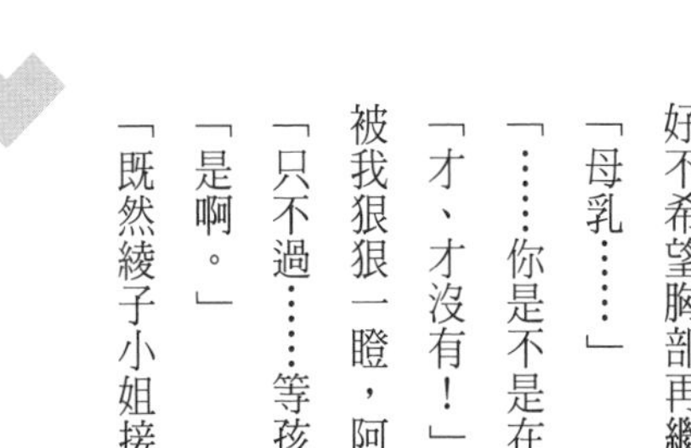

「算是吧。」

「什麼算是啦？」

真不愧是阿巧。

「女人一旦懷孕，胸部變大是很正常的。這是因為身體開始準備要分泌母乳給寶寶了。」

唉……真討厭。

好不希望胸部再繼續變大喔。

「母乳……」

「……你是不是在想奇怪的事情？」

「才、才沒有！」

被我狠狠一瞪，阿巧連忙搖頭否認。

「只不過……等孩子出生之後，就要開始哺餵母乳了對吧？」

「是啊。」

「既然綾子小姐接下來要把胸部獻給孩子……要怎麼說呢，一想到妳的胸部

很快就不再專屬於我了，我的心情就好沮喪。」

「……噗！啊哈哈，你在說什麼啦？」

我忍不住噴笑。

傻眼的同時，也為他的占有慾感到有些開心。

「真是的！我的胸部本來就不屬於你啊。」

「話是這麼說沒錯啦。」

「真受不了你……呵呵！既然這樣，那你要趁現在好好享用嗎？」

「咦？」

「開玩笑的啦……咦？」

我本來只想稍微開個玩笑，不料阿巧卻當真了。

他用一臉認真的表情。

猛盯著我瞧。

「……那我就恭敬不如從命了。」

「不行、不行！等一下、等一下！」

我急忙制止向前探身的他。

「你、你在想什麼啊？居然星期天一大早就……」

「怎麼這樣……明明是綾子小姐誘惑我的。」

「我才沒有誘惑你！真是的……阿巧，你最近會不會太有精神了一點？就連昨天也是……」

「這個嘛……因為好不容易進入穩定期了啊。」

「是沒錯啦……」

儘管互相鬥嘴，我們仍逐漸縮短彼此的距離。

我表現出抵抗態度這件事……雖然也沒有到演戲那麼誇張，不過在某種程度上已經成為一種固定模式了。

兩個人相處久了，有些事情大致都能感覺出來。

現在是……卿卿我我的氣氛！

既然如此，那就讓他好好享用吧。

畢竟孩子出生之後，我們大概就不會有這種閒情逸致了。

「…………」

「…………」

我倆無言地凝視對方。

然後就這麼緩緩將臉貼近——

「呼啊～早安～」

「「～～！」」

一瞬間。

我們猛然拉開距離。

美羽打著呵欠進到客廳裡。她直到星期天早上的動畫播完了，才總算從床上爬起來。

「早、早早、早安，美羽。」

「……妳怎麼一副慌慌張張的樣子？」

「沒沒、沒有啊。你說對吧，阿巧？」

「就、就是啊。」

「是因為這個星期的『愛之皇』非常好看啦！我們剛才只是在熱烈地討論劇情……真的就只有那樣。」

真、真是好險！

我剛才完全忘了美羽也在家！

「對喔，今天是星期天。」

美羽傻眼地說。

「真是辛苦兩位了，難得的星期天還這麼早起床。」

「一點都不早，是妳自己睡太晚了。」

「反正妳都會錄影不是嗎？」

「就算有錄影，我還是會即時收看！」

「啊，這樣呀、這樣呀。」

美羽隨口敷衍說得慷慨激昂的我。

「美羽，妳要不要也一起看這次的愛之皇？現在開始看還來得及跟上進度喔。我有預感今年的系列一定會成為傑作，不看肯定吃虧。」

「可是媽媽，妳每年都這麼說。」

「……因為每年都是傑作啊。每年都是不看會吃虧。」

每年都好好看。

即使原先心想「奇怪？今年的劇情是不是有點弱？」看到最後還是會覺得很好看。

即使乍看之下覺得「等一下，今年的設計風格會不會太強烈了？」但只要看了一個月就會完全習慣，甚至在即將邁入結局時感到依依不捨。

不管到了幾歲，我還是覺得很好看。

這就是「愛之皇」系列的魅力。

「感覺等小孩出生之後，媽媽應該會拚命讓小孩看『愛之皇』耶。而且還會從小孩還不會開口要求時，就買一大堆玩具給她。」

「唔……」

「還有，妳應該會從小孩還沒有發展出自我意識時就讓她角色扮演，並且從她大約兩歲開始就帶她去電影院，結果因為小孩哭鬧或是打翻爆米花，造成其他觀眾的困擾。」

「我、我才不會那麼做！」

大概吧。

「我才不會勉強小孩看『愛之皇』呢，因為我一點都不想成為那種強迫別人接受自己想法的家長。不過……如果小孩自己想要，我還是會買給她……再說，我覺得『愛之皇』對於幼兒教育也很有幫助！所以，只要我間接誘導她開始看，總有一天她會自動自發地……」

「巧哥，拜託你了。」

「我知道。」

無視我的美羽，以及重重點頭的阿巧。

奇怪？連阿巧也站在美羽那一邊？莫非他也覺得我會買一堆「愛之皇」的道具給小孩，並且已經開始在提防了？

美羽無視內心糾結、悶悶不樂的我，走過來輕柔地觸碰我的肚子。

「真希望妳快點出生，我可愛的妹妹。」

「她要是現在出生就傷腦筋了，因為那可是早產啊。」

「我知道啦。不過……咦？現在是不是還不確定是女孩子啊？」

「是啊。不過醫生有說可能是女生。」

超音波檢查時看了好幾次照片後，醫生說這孩子可能是女生。

因為沒有看到那個。

胎兒的性別據說是從有沒有看到那個來判斷。

如果是男生，只要透過超音波「看見」胯下的那個就能立刻做出判斷，所以準確率非常高。

但若是女生，雖然會因為「沒看見」那個而被判斷是女生……可是實際上偶爾還是會發生只是那個被遮住才沒看見，等到出生了才知道其實是男生的情況。

「喔，這樣啊。媽媽，妳有比較想要男生或是女生嗎？」

「我都無所謂，只要這孩子平安出生就好。」

「唔哇，好平淡無奇的回答。」

「妳很囉嗦耶……」

美羽繼續撫摸我的肚子，一面望向阿巧。

「巧哥你覺得呢？」

「真要我選一個的話，應該是女生吧。當然這是在非得二選一的情況下。」

「感覺如果生下來的是女兒，巧哥應該會非常溺愛她。」

「我也這麼覺得。」

「既然這樣，你可以對現在眼前的十六歲女兒更溺愛一些喔？比方說用現金。」

「知道啦、知道啦。」

阿巧對美羽的玩笑話一笑置之。

看著說說笑笑的兩人，我也不禁莞爾。

我心愛的丈夫和女兒。

深深鍾愛的重要家人。

我們三人正準備迎來第四位家人。這件事讓人感到幸福無比，彷彿只要一個不留神，眼淚便會奪眶而出。

「啊對了，寶寶的名字取好了嗎？」

「大致決定好了。你說對吧，阿巧？」

「是啊，總算決定好了。」

「喔，這樣啊。不過這樣沒問題嗎？明明又還沒有確定性別。」

「沒問題啦，因為我們想了一個男女都適用的名字。」

雖然不是很特殊，卻也不會太通俗。

既不過於創新，也不過於老派。

不是奇特亮眼的名字，也不是老掉牙的菜市場名。

筆劃也絕對不差。

不僅算是具有一定的含意。

而且——男女皆適用。

我和阿巧二人想了又想，總算想出一個可以接受的名字。

想名字的這段過程……老實說並不輕鬆。

「……取名字真的好辛苦啊。你說是吧，阿巧？」

「……就是說啊。」

「……不小心去查了筆劃這一點真是最大的敗筆了。」

「……那根本就是地獄的入口啊。」

一旦拿已經決定好的名字去查，結果發現筆劃不好……心裡就會非常在意。

即使告訴自己「我才不在意什麼筆劃，那種東西毫無根據」，內心深處還是會一直有個疙瘩在。

忍不住會想「要是這孩子將來查了自己的筆劃怎麼辦？」

忍不住會擔心「我會不會以後每當發生不幸的事情，都會產生『果然是因為名字的筆劃不好』的想法呢？」

啊，討厭，真的好辛苦啊！

姊姊以前在替美羽取名的時候，曾說過「沒有什麼特殊含意，就只是一個順口順耳的名字」……如今，我真的好敬佩她的果決和決斷力。

「什麼嘛，原來已經決定好了，虧我原本還想替寶寶取名。」

美羽臉上的表情儘管有些無趣，但還是無奈地接受了。

「所以，寶寶的名字是什麼？」

「這個嘛……」

「應該不是……『愛之皇』的角色名字吧？」

「怎怎、怎麼可能！」

我整個人頓時變得僵硬。

老實說……我的確曾經認真考慮這麼做！

曾經認真考慮直接拿喜歡的角色名字來用，或是只保留喜歡角色名字的讀音將漢字改掉！

但是……我最終還是勉強自己否決了這個想法。

「這孩子的名字……唔嗯，怎麼辦？是不是應該要等出生以後再說啊？」

「快點告訴我，不要賣關子啦。」

「真是的，我知道了啦。」

我一邊撫摸肚子一邊說。

「這孩子的名字是——」

第六章
結婚與儀式

♥

「——翼。」

我轉身呼喚女兒的名字。

一張小臉從休息室的門後探出來。

明亮有神的大眼，柔順的栗子色頭髮。由於今天是舉行婚禮的日子，因此她穿上連身禮服，頭上也戴了白色花飾。

宛如天使般可愛的愛女。

她今年——已經五歲了。

「媽媽！」

翼一見到我，便帶著發亮的表情要朝我跑來。

「——好了，停。」

「啊唔！」

突然間，翼被人從後面抓住雙肩，停了下來。

抓住她的人是我的另一名愛女——美羽。

「不可以啦，翼。媽媽才剛換好衣服而已。」

「咦？為什麼不行？」

見翼一臉不服，美羽好言相勸。

「因為那套禮服是借來的，而且很貴，要是弄髒或破掉就糟了。」

「會被罵嗎？」

「與其說會被罵……應該說會被罰很多錢。」

「唔嗯，是喔～」

也不知究竟懂還是不懂，翼姑且乖乖地點頭。

看著對話的兩人，我緩緩地站起身。

因為不習慣穿禮服，光是站起來就相當費力。

然後我重新——望向美羽。

綴有漂亮蕾絲，以藍色為基調的華麗派對禮服。高腰設計更加突顯出美羽姣

好的身材。

今天的她感覺比平常要來得成熟許多。

不過如果要說她是大人，她也的確已經是個大人了。

美羽已經高中畢業，現在正在仙台讀大學。

不僅離家獨自生活，今年也正好滿二十歲。

說她是大人也對，說她是小孩也沒有錯。

真是個難以定義的年紀啊。

「好美喔。」

美羽忽然這麼說。

「媽媽，這套禮服很適合妳喔。」

「真、真的嗎？」

「嗯，果然佛要金裝、人要衣裝呢。」

「……那不是女兒應該對母親說的台詞喔。」

「啊哈哈，開玩笑的。」

輕笑一陣後，美羽再次開口。

「是真的很適合妳啦。太好了，妳終於可以穿上婚紗了。」

「……不過我還是覺得有點害羞耶。明明都快四十了現在才辦婚禮，而且還穿上這麼華麗的婚紗。」

沒錯。

時光飛逝，我生下翼已經五年了。

之前一直把三十出頭掛在嘴邊的我……終於也到了無法再自稱三十出頭的年紀。

現在的我已徹底逼近四十大關。

其實這把年紀還穿白紗這件事，確實曾經令我相當排斥，不過——

「這跟年齡無關啦。」

美羽說。

「無論別人怎麼說，媽媽妳今天都是主角。這是妳一生一次的大日子，要是還扭扭捏捏的就太可惜了。」

這麼說完，她轉頭望向翼。

「翼，媽媽很漂亮對吧？」

「嗯，超漂亮的！好像公主一樣！」

翼用燦爛無比的笑容回答。

「就是啊，簡直跟公主一樣。」

美羽也贊同。

「過去妳一直為了我們而努力，今天妳就儘管當一名美麗的公主吧。」

「美羽……」

感動的情緒湧上心頭。

惹得我眼眶發熱。

「嗚、嗚嗚……美羽～謝謝，謝謝妳……」

「等等！太早了，太早了啦！」

美羽急忙拿來面紙。

「真是的，妳在做什麼啊……？這樣妝會花掉耶？」

「可、可是……」

「妳要是現在就哭，那今天一整天豈不是要哭不停了……」

我把臉伸出去，讓美羽幫我擦眼淚。

為了避免妝花掉，她用摺好的面紙在我臉上輕拍。

「姊姊，翼也想要拍拍！」

「不行、不行，妳乖乖在旁邊等一下。」

就在擦乾淚水的這個時候——敲門聲響起。

回應之後——

「——綾子。」

門隨著熟悉的說話聲開啟。

現身的是一名身穿白色晚宴服的青年。

高挑纖細卻肌肉結實的體型，散發出濃濃的男性魅力。

明明當了很久的全職主夫，體型卻和二十歲時完全沒變。

……到底為什麼會沒有變呢？明明我這五年來胖了〇公斤，為了穿上婚紗還拚死拚活地減肥……！

雖然體型沒變，相貌倒是稍微改變了。

和仍略顯稚嫩的二十歲時不同，如今他的相貌已徹底轉變成精悍的青年模樣。

我深愛不已的丈夫——

「爸爸！」

翼快步跑向他。

「喔！哈哈。」

接住她之後，青年熟練地將翼抱起來。

「原來翼也在這裡啊。」

「嗯！翼請姊姊帶我過來。」

「因為她一直吵著要去找媽媽。」

「這樣啊。爸爸他們人呢？」

「大家已經都到齊了。」

依照今天的行程安排，會在儀式開始之前先介紹雙方家屬。

雖說是介紹雙方家屬，但歌枕家和左澤家已經彼此見過好幾次面，感情甚至好到盂蘭盆節和新年都會一起慶祝，所以真的只是做個形式而已。

感覺比較像是把大家集合起來拍照留念。

「阿——」

我正想喚他，瞬間又把話吞了回去。

好險、好險。

我已經不再那樣稱呼他了。

都是因為剛才沉浸在回想中，才會不小心差點又用以前的方式喚他。

我從他十歲起便那樣喚他，所以一直找不到時機點改變稱呼，無論交往後還是結婚後，我們仍維持互稱「綾子小姐」、「阿巧」的關係好一陣子。

現在想想，那樣青澀的關係還真教人懷念啊。

「——巧。」

聽見我的呼喚，巧抱著翼轉身。

他微微睜大雙眼，滿臉驚訝。

頓了一會之後

「好漂亮喔。這套禮服真適合妳。」

他才這麼說。

用聽來有些羞澀卻明確的口氣。

「咦？真的嗎？」

「是真的。」

「謝謝你。巧也很適合穿晚宴服喔。」

「真的嗎？」

「真的、真的。」

「這樣啊。啊哈哈。」

「喔呵呵。」

正當我倆沉浸在溫馨的感受中——

「……等等，這是什麼新婚一般的氛圍？」

美羽厭煩地說。

「明明都已經結婚五年了……你們到底要散發這種像是剛交往般的氛圍到什麼時候？」

接著她深深嘆息。

「再說，巧哥你之前一直陪著媽媽挑選禮服，應該都已經看膩了吧？」

「怎麼會膩呢？我不管看幾次都好開心，每次見到都覺得很幸福。」

我老公大大方方地這麼說。

真是讓人又喜又羞。

他這個人即使是在孩子面前，也會毫不猶豫地向我表達愛意。

「……不過，我真的很感謝巧。因為我從沒想過自己這輩子還有機會穿上婚紗。」

收養美羽時，我便下定決心要成為一位母親。

比起普通的戀愛，我更想把人生奉獻給美羽。

沒有結過婚也不曾辦過婚禮的我，就這樣成了母親。

後來——我在歷經一番曲折後和隔壁的大學生交往……並且意外懷孕。

緊接著是生產。

然後是育兒。

根本無暇舉辦婚禮。

儘管覺得有些落寞，我也告訴自己這是沒辦法的事，就此放棄。

但是……

在翼滿五歲、育兒工作告一段落的時候，他向我提議。

說要舉行婚禮。

在今天之前，他比我還要更努力地為婚禮進行籌備。

「巧，謝謝你。」

「不用謝啦，因為是我自己想要這麼做的。其實我一直都很遺憾沒能跟妳舉辦婚禮。」

說完，他面露開懷的笑容。

他明明已經是大人了，但只要笑起來就會顯得有些孩子氣。

身上還殘留著當年還是十歲少年時的影子——

「我才應該要謝謝妳。能夠和綾子舉辦婚禮，我真的很開心喔。」

「巧……」

「……啊～好熱、好熱。」

就在我倆互相凝視時，一道感覺傻眼至極的說話聲插進來。

「真是的，這兩個人到底要演愛情喜劇到什麼時候啊？」

「……有什麼關係嘛。」

鬧彆扭似的說完後，巧看著懷裡的翼。

「爸爸媽媽的感情好才好啊。翼，妳說對不對？」

「嗯！感情好才好！」

「妳看吧。」

「是是是，多謝招待。」

見到巧一臉得意，美羽無奈地聳聳肩。

然後她看了看手錶。

「待會你們要和婚禮顧問開會對吧？」

「是啊，我們要做一下最後確認。」

巧回答完，美羽將手伸向翼。

「那我們也差不多該回去了。過來吧，翼。」

接過翼之後，美羽把她放在地上。

「咦～可是翼想跟爸爸媽媽在一起……」

「他們很快就會來了。我們去外面等他們，好嗎？」

「……好～」

翼乖乖地點頭。

「爸爸媽媽拜拜～你們要快點來喔。」

用天真可愛的表情這麼說完，翼轉身背對我們。

和美羽一起離開。

一瞬間——

她的背影和從前的美羽重疊。

和當年還只有五歲的美羽——

「啊。」

我差點忍不住驚呼，然而門很快就關上了。

「怎麼了？」

「……不，沒什麼。」

我微微搖頭。

「我只是稍微想起以前的事情。當時美羽正好和現在的翼差不多大。」

「……啊，對喔。妳收養美羽時，她正好和現在的翼同個年紀。」

「是啊。」

我在美羽五歲時成為她的母親。

決定以單親媽媽的身分活下去。

那樣的我——如今有了丈夫，也有了孩子。

而那孩子今年已經五歲了。

和當時的美羽同年。

想想真是有趣。

讓人真切感受到時光的流逝。

「我在美羽和現在的翼同年時決定成為母親，之後就當了整整十年的單親媽媽。但是……」

我一度閉上眼睛，回想過去這五年。

「……我沒想到把孩子養到五歲會這麼辛苦。」

「……就是啊。」

好辛苦！

真的太辛苦了！

哺乳、餵奶、換尿布、洗澡……二十四小時全天候照顧無法自理，而且一離開視線就不知會做出什麼事情來的嬰兒，根本就是重度體力活。

不容許失敗的恐懼。

背負一條生命的重責大任。

小嬰兒不知道大人有多心累、有多辛苦，總是愛怎麼樣就怎麼樣。不喝，不吃；喝太多會吐，吃太多也吐；希望她睡覺時不睡，卻在不希望她睡時睡覺。這就是……這就是所謂的嬰幼兒。

當然，育兒這條路並非不開心。

並非不幸福。

第一次學會翻身的日子。

第一次叫「爸爸」、「媽媽」的日子。

第一次學會爬行的日子。

第一次能夠獨自站立的日子。

第一次學會走路的日子。

那些全是無可取代的寶物。

可是…………還是好辛苦！

巧願意成為全職主夫真是太好了！

我敢打包票，要是當初他在我產後累到快沒命的時期去找工作，我肯定會生病。對於決定成為全職主夫的他，我內心只有無盡的感謝。

「連我們兩個……不對，是和美羽三人一起帶小孩都這麼累了……那些不得已只能獨自育兒的單親媽媽們真的是辛苦了……」

「真希望她們能夠好好利用公共資源啊……」

「……我都開始為自己以前根本沒經歷過產後的辛勞，卻大方自稱單親媽媽這件事感到不好意思了。」

「為什麼要不好意思啦？綾子妳一手將美羽撫養長大，應該要為自己感到自豪才對啊。」

巧輕笑道。

我大大地嘆了口氣。

「當年幼小的美羽，如今已成為大學生在外獨居……原本是小嬰兒的翼則是已經五歲……不僅會說話、會走路，還已經在上托兒所了……真的是歲月如梭啊……」

那是一段過於緊湊的時光。

一切都是如此緊湊且令人印象深刻，即使想忘也忘不掉。

「而我也已經是個大嬸了。」

「綾子才不是大嬸哩。」

「……不，我真的已經是大嬸了。」

如果只有三十出頭，我想我還會努力反駁一下……可是都已經快要四十歲了，我實在努力不起來，完全無法替自己辯解。

徹頭徹尾的大嬸。

和不到三十歲的巧生活在一起，更是讓我深切感受到自己的年齡正不斷增長。

現在的我已經進入到某種開悟的境界，就算被人叫做是大嬸，我也完全不會生氣了——

但是，巧卻直視著那樣的我。

「妳或許變老了沒錯，可是在我眼裡，妳一直都很美喔。妳永遠都是那麼美，現在更是妳最美的時候。」

「…………」

「自從第一次見到妳開始，我的心意便不曾改變。妳是我在這世界上，最重要也是最愛的人……」

說出這番令人渾身不自在的話。

儘管看起來有些害羞，他卻始終直視我的雙眼。

因為今天是婚禮——恐怕不是這個原因吧。

巧一向都是如此。

雖然不是每天……但他總會大方對我表達他由衷的愛意。在我想要的時候，用我所希望的話語和態度回應我。

「這樣啊。」

我笑著說。

「也是啦，畢竟你本來就喜歡熟女嘛。是不是我愈老你愈開心啊？」

「……呃，才不是那樣。話說，我已經解釋過好多次，我並沒有喜歡熟女的

嗜好。」

「我開玩笑的啦。」

我知道。

我已經非常清楚了。

知道這個人很愛我。

知道他是真心認為我很美，完全沒有一句客套話。

即使是肉麻的情話，如今我也能夠坦然接受。

能夠打從心底感受到自己是被愛著的。

「我也最愛你了。」

我說道。

「我大概也是從相遇之初就喜歡上你了。」

這句話——並非謊言。

剛認識時，我只把他當成附近鄰居的小孩……本來應該是如此，可是人的記憶真的好不可思議——如今回想起來，我竟覺得從我倆相遇的那一刻起，便有種命中注定的感覺。

開始覺得也許我對他是一見鍾情。

……雖然如果真的是這樣，我就會因為對十歲少年一見鍾情而引發大問題

——然而……

即使那樣也無所謂。

我想要把和他的相遇全部當成是命中注定。

而我會有這種想法，想必也是一種命中注定吧。

「……啊哈哈。」

互相凝視一陣之後，我忍不住笑出來。

「感覺又變成愛情喜劇了啦。明明剛剛才被美羽抱怨的。」

「這樣很好啊。」

巧這麼說。

「我倒想和妳演一輩子的愛情喜劇。就算變成老爺爺、老奶奶了，我們還是要繼續演愛情喜劇喔。」

他一派輕鬆笑著說出的這番話——讓我頓時小鹿亂撞。

正因為毫無預警，比往常的真摯情話更有深深擊中我心的感覺。

一輩子的愛情喜劇。

這是多麼幸福的一件事啊。

就算變成老爺爺、老奶奶。

就算結婚、生小孩，甚至有了孫子、有了曾孫。

也要共演愛情喜劇一輩子——

「……好啊。」

頓了一會，我開口。

「——阿巧。」

「……噗！」

下定決心這麼說完，巧立刻噴笑。

「妳、妳怎麼突然這樣叫我啦？」

「呵呵，有什麼關係嘛。」

「好久沒聽到妳這樣叫我，感覺很害羞耶。」

「害羞什麼啦，以前我這樣叫你不是理所當然的嗎？」

應該說──

如果以整個人生來思考，我稱呼他「阿巧」的時間要長得多了。

因為我開始叫他「巧」不過是最近五年的事情。

「偶爾換換稱呼也不錯呀，阿巧。」

「別、別這樣，很丟臉耶。」

「阿巧～阿巧～」

「……！」

「呵呵。阿巧，你也用以前的方式叫我吧。」

「咦？妳認真的？」

「認真的。」

聽了我的請求，他害羞地紅了臉。

不久，他用彷彿下定決心的表情說道。

「綾、綾子媽媽。」

「……噗！」

噴出來了。

口水全噴出來了。

我都懷疑我的妝是不是要花掉了。

「等、等一下，阿巧！你為什麼要那樣叫我？」

「咦？難道不對嗎？」

「叫我『綾子小姐』就可以了啊！」

「啊，是那個啊。」

「當然是那個啊，真是的……」

啊……嚇我一跳。

什麼綾子媽媽嘛。

我完全沒想到現在還會再聽見這個稱呼。

「也對，現在還稱呼妳『綾子媽媽』的確是有點奇怪……」

「就是啊……我們都已經是大人了，萬一要是被誰聽見……」

「……對方八成會覺得這對夫妻怪怪的吧。」

「……嗯。」

我倆臉色一陣慘白。

不過沒一會。

「……呵呵！」

「啊哈哈。」

我們便相視而笑。

哎呀，真是的。

今天明明是舉行婚禮、必須嚴肅以對的重要日子，為什麼氣氛會變得這麼滑稽可笑呢？

不過——或許這樣就好。

像這樣演出愛情喜劇或許才是我們的風格。

之後——

叩叩。

敲門聲響起。

婚禮顧問進入房內，我們三人一起針對今天的行程做最後確認。

大致說明完流程之後，婚禮顧問先行離開房間。

我們也差不多該走了。

首先會從介紹家屬開始。

「走吧，綾子。」

「嗯。」

我們的婚禮即將開始。

家屬介紹圓滿結束了。

拍照過程也十分順利。

接著是——儀式。

除我父親以外的家屬們移動到禮拜堂之後，已經來到婚禮場地的其他賓客也陸續進場。

儀式即將開始。

婚禮顧問致詞之後，首先是新郎進場。

巧已經前往禮拜堂。

我則是晚一點會和父親一起進場。

在開門之前，父親忍不住微微落淚。

說他沒想到自己能夠和我一起走上紅毯。

留下美羽離開人世的姊姊。

收養美羽將她帶大的我。

以及一同養育翼的我和巧。

父親的淚水中充斥著千頭萬緒。

我也差點忍不住跟著哭出來，但最後還是拚命忍住了。

因為要是現在就哭，今天真不曉得要哭多少次呢。

禮拜堂的門——開啟。

在莊嚴的樂聲中，我和父親沿著紅毯而行。

緩緩地，緩緩地。

儘管這座禮拜堂並不大，婚禮的規模也算不上盛大，但是這樣就好。對我們而言，只要能夠邀請真正重要的人們前來便已足夠。

禮拜堂的椅子上坐了許多熟悉的賓客。

「燈船」的人們。

承蒙關照十五年以上的，我的公司。

有的人從我剛進公司便一起工作到現在，也有的人是最近才認識。

應邀前來的人之中——當然也有狼森小姐。

她是照顧我最多，至今依舊給予我諸多關照的人。

堪稱是我的恩人。

雖然因為太難為情，我實在說不出口就是了。

今天的她，依舊是一身以黑色為基調的俐落褲裝打扮。明明都年近五十了，

外表看起來還是那麼年輕。

……真是的，這個人為什麼都不會老？

她看起來根本就只有三十出頭。

說到這裡，聽說她和步夢在他升高中的時候，兩人開始一起生活了。步夢加入高中的電玩社，表現亮眼到甚至有資格參加世界大賽。他也時常會到「燈船」露臉，和電玩公司的人聊天……看來繼承人計畫正逐步進行中。

接著另一邊——

我望向巧那邊的賓客。

他邀請的主要是大學時期的朋友。

雖然有些人我沒見過，不過都有聽巧提過他們——

等等，奇怪？

裡面……怎麼有個超級大美女？

華麗的派對禮服。裙子的長度略短，露出一雙纖細勻稱的美腿。畫上精緻妝容的臉龐非常可愛，是一名集少女的純真與大人的嬌媚於一身的絕世美女。

既然她坐在新郎方的位子上，應該是巧的朋友吧？

巧有邀請這麼漂亮的女人來嗎……？再說，邀請女性朋友來參加自己的婚禮……不對，為這種事情發牢騷已經不合時宜了，畢竟男女之間也是有純友誼……

我瞬間有些悶悶不樂——不過我很快就發現了。

啊！

那是……聰也。

唔哇，唔哇，唔～哇～～～！

他變得超漂亮的……！

看來他現在還在繼續「做適合自己的裝扮」呢。

他大學畢業後就開始工作，然後去年結了婚。

聽說他太太現在懷有身孕……看來即使如此，他依然如故。

哎呀，世界真是寬廣啊。

接著——我望向家屬的座位。

先前彼此打過招呼的兩家親屬並坐在一起。

在養育翼的過程中，歌枕家和左澤家都給了我們很大的幫助。

尤其住在隔壁的左澤家……真的是給予我們極大的關照。曾經也有人問我「公婆就住在隔壁，妳不會覺得很痛苦嗎？」但是我一點都不這麼認為。自從成為鄰居之後，這十五年來我一直很依賴他們，真希望未來我能夠慢慢報答他們的恩情。

歌枕家的賓客有我的父母和親戚。

以及——美羽和翼。

我可愛的兩個寶貝女兒。

我的寶物。

我的家人。

沒一會——

我抵達站在階梯上的他面前。

我明明走得很緩慢，卻感覺一晃眼就到了。

巧。

左澤巧。

阿巧。

爸爸。

我心愛的家人，世界上最重要的人——

父親將我的手——交付給他。

我和他並肩而站，一起宣讀誓詞。

今天的儀式不是神前式，而是人前式。

不是對著神明——而是對人發誓。

對照顧過我們的人們，以及重要的親友發誓。

宣布我們要結婚了。

承諾我們會以夫妻、家人的身分，相守一生——

不過話說回來。

我們兩人其實早就結婚了，並不會因為今天而產生什麼劇烈的轉變。

結婚五年後終於舉辦婚禮。

什麼也不會改變。

明天開始——我們也將繼續走下去。

儘管如此，內心還是有種彷彿迎來轉折點的心情。

人生的轉折點。

故事的段落。

想到這裡，我便不禁感慨良深。

如果不要那麼拘謹，說得簡單易懂一點就是——

我覺得自己超級幸福！

誓詞之後是承諾之吻。

雖然在人前親吻實在讓我害羞得不得了，不過我還是設法表現自然。我感覺自己在這裡和他親吻，是我人生中必然發生的結果。

我，歌枕綾子。

3×歲。

有一個高中生女兒的單親媽媽。

不對。

是因為有分別為大學生和五歲的女兒，以及心愛丈夫相伴而幸福無比的母親。

從今以後，我們也將永遠過著幸福快樂的日子。

終章

♣

翼的名字是翼！

五歲！

五歲就是五歲！

在這之前是四歲，現在則是五歲！

聽說之後會變成六歲！

五歲小孩的早晨開始得很早！

「媽媽～起床！快起來！」

翼在床上醒來之後，開口叫醒睡在旁邊的媽媽。

「……嗯……嗯～」

媽媽緩緩張開眼睛。

「媽媽早安！」

「翼……早安。」

「快起床!已經早上了喔!」

「嗯……可是現在才七點……而且今天是星期天……」

媽媽看了擺在枕頭附近的手機後,用懶洋洋的聲音這麼說。

「再讓我睡一會……因為媽媽昨天工作到很晚……我負責的作家一直不把稿子交出來……」

「咦~不要啦!快點起床!」

「再讓我睡一小時就好……我一定會在『愛之皇』開始播之前起來的。」

「不要、不要,起來啦!」

「……知、知道了知道了。」

翼一直搖晃媽媽的身體,媽媽這才總算起來。

她走下床,大大地伸了個懶腰。

「嗯~好了,今天也要好好努力。」

「媽媽,妳的胸部快要跑出來了。」

「……呀！」

媽媽急忙遮住快從睡衣底下跑出來的胸部。

翼的媽媽胸部真的好大喔。

跟其他媽媽們比起來要大多了。

翼長大之後，胸部是不是也會變大呢？

「媽媽，抱抱～」

「好好好。妳這孩子真是的，老是這麼愛撒嬌。」

媽媽抱著翼下樓。

來到廚房時，只見爸爸已經起床了。

正在那裡煮東西。

翼請媽媽放翼下來，然後走向爸爸。

「爸爸早安！」

「喔～翼，早啊。」

跟爸爸討抱抱。

爸爸的力氣很大，一下就把翼抱起來了。

不像媽媽抱翼起來之前，都會有一段「……開始吧」的預備時間。

「早安，巧。」

「早安，綾子。妳起得好早喔。」

「是翼把我叫起來的。」

「妳昨天不是很晚睡嗎？不如再多睡一會吧，等『愛之皇』要開始播了我再叫妳。」

「不用了，沒關係。」

媽媽笑咪咪地說。

「因為我之前就決定今天要多多陪翼玩。畢竟這一個星期來，我一直都忙著工作，沒時間陪她。」

之後媽媽望向翼。

「翼，今天我們一起大玩特玩吧。」

「嗯，一起玩！」

「知道了。那我先做早餐，妳先等一下喔。」

爸爸把翼放下來，之後又開始做飯。

在翼的家裡，做飯的人多半是爸爸。

聽說這叫做「主夫」。

大家好像都是這樣稱呼沒有到外面工作，待在家裡做許多家事的爸爸。不過，因為那樣的媽媽也被叫做「主婦」，所以翼還不是很懂兩者有什麼不同。

但是，爸爸在翼去托兒所的時候會去「打工」，而且這陣子好像也開始「求職」，所以可能再過不久就不是「主夫」了。

唔嗯……

這對翼來說好難懂。

在等早餐做好的時候——

「呼哇啊～早安。」

姊姊起床了。

她慢吞吞地進到客廳裡。

「姊姊早安！」

「早啊，翼。」

「早安，美羽。好難得喔，妳星期天居然會這麼早起。」

「因為我已經跟翼約好，要在我回仙台之前好好陪她玩啊。妳說對吧，翼？」

「嗯，翼也要跟姊姊一起玩！」

姊姊昨天回來過夜了。

她平常都是自己一個人住在仙台，不過放假時經常都會回家。

她說「因為我想見到翼啊」。

姊姊好像很喜歡翼，翼也好喜歡姊姊。

不過，翼覺得不只是因為這樣。

「巧哥，麻煩給我咖啡。」

「是是是。」

「美羽妳真是的，這點小事起碼該自己做吧？」

「有什麼關係嘛，反正我偶爾才會回老家。」

「妳明明就很常回來……還有，妳也該把『巧哥』這個稱呼改掉了吧？」

「可是巧哥就是巧哥啊，現在要我改叫他『爸爸』，我實在叫不出口。」

「真受不了妳……」

「話說，我才覺得妳們兩人到現在還用名字稱呼對方很噁心，真是有夠奇怪的……」

「哪、哪裡奇怪了？」

「媽媽果然還是應該叫他『阿巧』才對。」

「才不要！我早就不那樣叫他了！」

「妳嘴巴上這麼說，但其實獨處時都會那樣叫他吧？」

「才才、才沒有那回事！」

滿臉通紅的媽媽，一臉開心的姊姊。

翼知道。

姊姊大概是因為覺得寂寞才會回來的吧。

因為——

翼覺得姊姊也很喜歡爸爸和媽媽。

所以她才會為了見翼，還有他們兩人時常回家。

為了見到自己最愛的家人。

「早餐做好嘍。」

我們四人一起吃爸爸做的早餐。

翼已經會自己吃飯了。

而且還會用筷子呢，欸嘿嘿。

「翼，待會吃完飯，在看『愛之皇』之前妳想做什麼？」

媽媽這麼問翼。姊姊在一旁小聲地說「……『愛之皇』已成定局了啊。」

「翼想要看婚禮的影片！」

「婚禮的影片？」

姊姊瞪大眼睛。

「妳想看那個？」

「嗯，因為很好看！」

「翼很喜歡看婚禮的影片呢。」

「已經不曉得看過多少遍了。」

爸爸和媽媽說道。

「是喔？要看是可以啦……可是那個很丟臉耶。」

「因為姊姊哭了呀。」

「……吵死了～」

翼一說完，姊姊的臉立刻微微泛紅。

「呵呵！沒什麼好害羞的啦，美羽。因為我也不曉得在婚宴上哭過多少次。」

「……就是說啊，尤其是在餘興節目中……飾演『愛之皇・索麗緹雅』的繫真理愛小姐驚喜現身的時候。」

「──！」

「媽媽當時整個人嗨到不行，還激動得號啕大哭呢……」

「雖然我事前就知道了……但我沒想到妳會高興到那種程度……」

「居然比讀我的信時哭得還要凶，身為女兒，我的心情實在有點複雜……」

「有、有什麼辦法嘛！因、因為繫真理愛小姐來了啊！她明明在成為女演員之後就不再配音了……卻特地為我獻唱小灯弓的角色歌曲！這樣……我當然不可能冷靜得下來啊！」

「婚宴」上，以前「愛之皇」的人「驚喜」現身了。

聽說是媽媽的朋友，名叫狼森小姐的人邀請她來。

媽媽好像很喜歡那個人……所以哭得非常厲害。

高興到喜極而泣。

見到媽媽變得比五歲的翼還要像五歲，翼的心情有些複雜。

「啊～好好喔～」

翼開口。

「翼也好想要辦婚禮。」

穿上漂亮衣裳，接受大家的祝福。

媽媽和爸爸的婚禮感覺好好玩。

「翼要辦婚禮還早得很呢。」

姊姊笑著說。

「咦？為什麼？」

「首先妳得找到對象才行。」

「已經找到了啊。」

姊姊發出「咦？」的驚呼。

翼從椅子上下來，走向爸爸。

然後緊抓住爸爸的手臂。

「翼要和爸爸結婚！」

大家的表情都好驚訝。

好奇怪喔。

為什麼要那麼驚訝呢？

翼明明沒有說奇怪的話啊。

「爸爸，可以吧？」

「呃……」

「翼最喜歡爸爸了。爸爸也很喜歡翼對吧？」

「是、是啊，我最喜歡翼了。」

「那我們結婚吧！就這麼決定了！」

爸爸露出微妙的表情。

媽媽也是一樣。

「翼，妳、妳聽我說。我明白妳的心情，不過妳和爸爸——」

爸爸的話還沒有講完。

「——這樣很好啊。」

姊姊突然從旁插話。

臉上帶著惡作劇般的神情。

「翼，妳就和爸爸結婚吧。」

「嗯，翼會的～」

「啊～不過呢，其實我也很喜歡巧哥喔～」

所以——

這麼說完，姊姊從椅子上站起來。

走到爸爸身旁。

和翼一樣，用力摟住爸爸的另一隻手。

「所以我也要和爸爸結婚。」

姊姊得意地笑道。

爸爸瞪大眼睛。

「喂，美、美羽……怎麼連妳也這麼說？」

「有什麼關係。還是說，巧哥你討厭我？」

「是、是不討厭啦。」

「那你喜歡我嗎？」

「……喜、喜歡是喜歡沒錯。」

「那就沒問題啦。好的，我決定要跟巧哥結婚了～」

然後，姊姊又更用力地摟住爸爸的手臂。

並且以得意洋洋的表情看著翼。

「抱歉喔，翼，爸爸要跟我結婚。」

「不可以！爸爸要和翼結婚！」

「不行、不行，是跟我。」

「是跟翼～～！」

翼和姊姊從兩邊拉扯爸爸的手臂。

「妳、妳們兩個……冷靜一點啦。」

爸爸一副傷腦筋，卻又感覺有點開心地這麼說。

就在這時——

「——不、不可以！」

媽媽站起來大喊。

整張臉紅通通的。

「絕對不可以！爸爸不能跟妳們兩人結婚！」

她大聲說完後，朝翼等人的方向走來。

「爸爸他……的確是很喜歡妳們兩人沒錯。可是……要怎麼說，那是不一樣的喜歡！他對妳們是家人的那種喜歡！和想要結婚的那種喜歡不一樣！」

媽媽一本正經地說。

然後她居然——抱住爸爸。

硬是將爸爸從翼和姊姊手中搶過去。

接著——緊緊地抱住他。

非常非常用力地抱緊。

用力到連一旁的翼和姊姊都嚇一跳。

「美羽、翼，妳們聽好了。爸爸他——」

媽媽大聲地說。

「喜歡的不是女兒而是我！」

（完）

後記

說起愛情喜劇的結局，多半都是以男主角和女主角交往或結婚作結……可是從人生的角度來思考，「在那之後」的時間要來得長多了。令人感傷的是，現代人的人生是變成老爺爺、老奶奶之後的時間比較長……因此交往之後、結婚之後，故事仍會長久持續下去。若是以這樣的觀點來看，愛情喜劇作品在人生這齣漫長的戀愛劇中，真的就好比……只是將如閃光般閃爍的一瞬間擷取下來，描寫成一部作品……呃，雖然這番話聽起來像是在說結婚後生活就會變得黯淡無光，不過我希望這部作品的男女主角，一輩子都能上演燦爛閃耀的愛情喜劇。

大家好，我是望公太。

這是和鄰居媽媽的純愛愛情喜劇第七彈——也是最後一集！

終於來到這一步了。我在這部集結我個人所有喜好的作品中，做了所有我想

做的事情，所以可以說是了無遺憾。畢竟我連逆兔都寫出來了。

由於這是最後一集，接下來是解說角色的時間！

歌枕綾子——本作的女主角。身為單親媽媽卻沒有戀愛經驗的超稀有存在，其人物設定堪稱濃縮了我對年長女性的喜好。我甚至擅自以為，自己為輕小說業界的女主角形象掀起一陣波瀾。基於我個人「希望年長女主角是個麻煩人物」這樣的願望，綾子媽媽於是變成一名非常麻煩的女性。平時明明過於謹慎保守，卻偶爾一踩油門就會全速往前衝這一點真是不錯。之前一直宣稱自己是三十出頭、不願公開真實年齡的她，到了這次的終章終於也要逼近四十大關了……不過嘛，綾子媽媽想必永遠都會是綾子媽媽。還有……寫愛之皇相關的內容真開心！

左澤巧——本作的男主角，基於我「如果我是三字頭單親媽媽，會想要被這樣的大學生追求」這樣的願望而創作出來的角色。真誠、專情、高挑、肌肉結實，幾乎無可挑剔。如果硬要說他有什麼缺點……大概就是到了後半段，漸漸變得忠於內心的慾望吧……雖然他從十歲開始就持續受到鄰居綾子媽媽毫無自覺的誘惑，導致癖性完全歪掉，不過這樣應該也算是一件非常幸福的事情，也可以說是一種命中注定吧，大概啦。我本來有想稍微更深入描寫他在大學玩「終極飛盤」的這個設定，但是又覺得那麼努力寫好像沒意義，於是後來就幾乎沒有提及了……

歌枕美羽——本來是綾子媽媽的獨生女，到了最後一集則變成長女。個性冷靜成熟，卻也有著這個年紀的女孩應有的純真。我想要是沒有這孩子負責吐槽，這個故事恐怕就不會成立吧。當初，我本來有稍微考慮讓美羽以女主角身分正式參戰，上演複雜糾葛的母女三角關係……但是因為受到編輯部的大力反對，於是就變成第三集那樣的形式了。我也覺得真是幸好沒有那麼做！美羽還是自始至終當個單純的女兒和青梅竹馬比較好。她雖然在最後一集離家獨立了……不過我總覺得她是那種會回家鄉找工作並搬回老家住的類型。

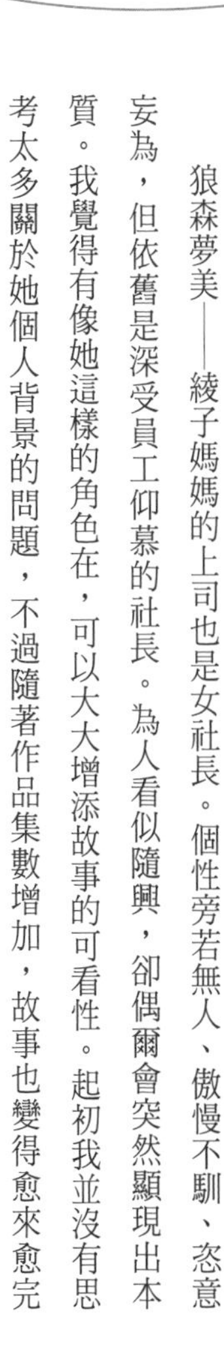

狼森夢美——綾子媽媽的上司也是女社長。個性旁若無人、傲慢不馴、恣意妄為，但依舊是深受員工仰慕的社長。為人看似隨興，卻偶爾會突然顯現出本質。我覺得有像她這樣的角色在，可以大大增添故事的可看性。起初我並沒有思考太多關於她個人背景的問題，不過隨著作品集數增加，故事也變得愈來愈完

整，最後就演變成第六集的形式了。她是和綾子媽媽看似相似、實則不同的一位母親。至於「燈船」的範本，不用說當然是「Straight Edge」了。

梨鄉聰也——巧的朋友，女裝家。不對，他只是做適合自己的裝扮而已。他是基於我「主角的配角好友最好是帥哥」的喜好而誕生的角色。由於我已經在別本輕小說描寫過正統的帥哥好友了，因此這次就特別一點，將他塑造成也能化身美少女的帥哥。儘管如此，我並沒有特別深入探討那方面的屬性，而是將其當成「稀鬆平常的事情」來描寫，想要描繪一個男人穿裙子、化妝、塗指甲油也很正常的世界。畢竟現代不就是那樣的一個時代嗎？

解說到此為止！

本作雖然到這裡就結束了，不過漫畫化的部分仍在持續中，因此還請各位多多支持。最新的第三集預計會在四月二十七日發售（註：此指日本出版時間）！

以下是感謝的話。

宮崎大人，承蒙您照顧了。我會想要將這個連我自己都覺得「應該不太可能寫成輕小說」的企畫推出問世，都是因為您讚不絕口地說「這個太有趣了！」若是沒有您，這部作品就不會誕生。ぎうにう老師，真的非常謝謝您。實在非常非常感謝您將我心目中的綾子媽媽完整地……不對，是將比我想像中更完美的綾子媽媽描繪出來。ぎうにう老師對綾子媽媽的熱愛，是我寫作時的強大動力。

最後我要向一路陪伴我到第七集的各位讀者，致上最深的謝意。

那麼有緣的話，我們就下次再會吧。

望公太

望老師、宮P大人、各位粉絲——
謝謝大家。
美羽成為好姊姊了呢……♡

一點都不想相親的我設下高門檻條件，結果同班同學成了婚約對象!? 1~6 待續

作者：櫻木櫻　插畫：clear

戀愛觀的差異，使由弦和愛理沙之間產生隔閡——
假戲成真的甜蜜戀愛喜劇，獻上第六幕。

某天，愛理沙瞞著由弦，開始在他打工的餐廳工作。由於事發突然，由弦為此困惑不已，試圖詢問愛理沙打工的理由，但她堅持不肯透漏。正當他懷著複雜的心情之際，卻忽然被愛理沙塞了張電影票，趕出家門……

各 **NT$220~250/HK$73~83**

因為女朋友被學長NTR了，我也要NTR學長的女朋友 1~2 待續

作者：震電みひろ　插畫：加川壱互

NTR的連鎖效應？第二戰即將爆發——
「與其選那樣的熟女，不如選我吧！」

時值跨年，優在新年參拜時與摯友的妹妹明華重逢。被哥哥帶去參加滑雪外宿活動的她，猛烈地對優展開追求！燈子害怕被NTR而著急起來，於是藉著酒意對優直率地傳達心意，卻因為煞不住車而衝過頭？

各 **NT$220~250/HK$73~83**

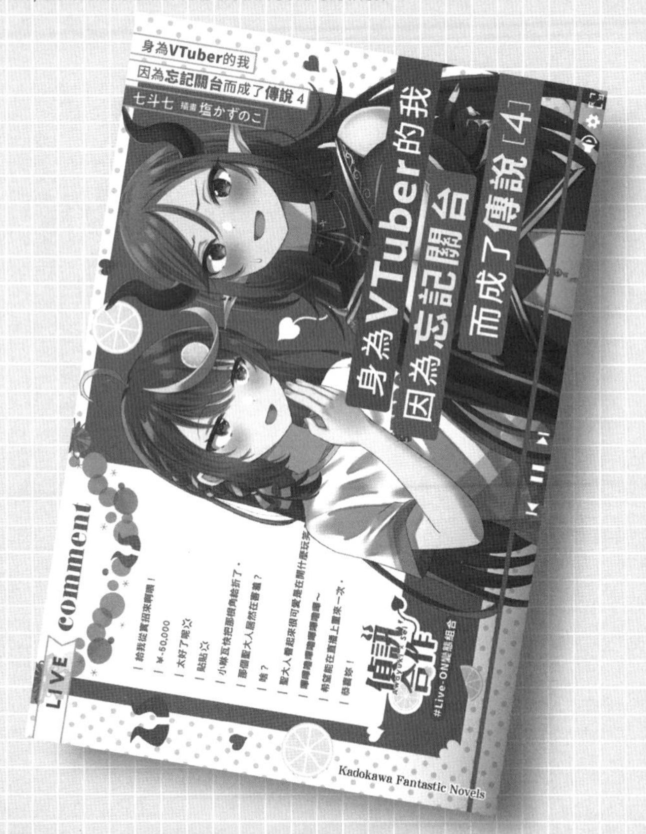

身為VTuber的我因為忘記關台而成了傳說 1~4 待續

作者：七斗七　插畫：塩かずのこ

衝擊的VTuber喜劇，
這樣難怪被沒收的第四集！

參加晴的首次個人演唱會後，淡雪正為順利落幕的合作活動感到開心。然而沒過多久，二期生宇月聖就驚傳收益遭到沒收？儘管眾人召開了重拾收益化的會議，卻礙於聖的存在本身過於敏感而導致討論停滯不前。於是詩音終於做出強勢發言……？

各 **NT$200~220/HK$67~73**

救了想一躍而下的女高中生會發生什麼事？ 1~4（完）

作者：岸馬きらく　插畫：黒なまこ　角色原案、漫畫：らたん

塑造出結城祐介的過去及一路走來的軌跡終將明朗。
加深兩人愛情與牽絆的第四集——

寒假第一天，兩人接受結城母親的邀請，前往結城老家。神色緊張的小鳥第一次見到了結城性格爽朗的母親，以及與哥哥截然不同，總是閉門不出的弟弟。不僅如此，甚至還出現一個宣稱自己喜歡結城的兒時玩伴……？

各 **NT$200~220/HK$67~73**

義妹生活 1~6 待續

作者：三河ごーすと　插畫：Hiten

明明早已決定獨自活下去，
卻在不知不覺間想著要走在某人身旁。

悠太與沙季表面維持如以往的距離，關係卻有了明確變化。兩人在煩惱禮物、如何過紀念日、怎麼討對方歡心等問題的同時，也以自己的方式摸索幸福之路。而看見雙親與親戚的模樣，讓他們考慮起家人的聯繫、戀愛關係後續發展……乃至結婚生子……？

各 **NT$200~220/HK$67~73**

繼母的拖油瓶是我的前女友 1~9 待續

作者：紙城境介　插畫：たかやKi

該選擇與結女再次兩情相悅的未來，
還是幫助伊佐奈發揚才華的夢想？

水斗為伊佐奈的才華深深著迷，熱衷於她的職涯規劃。兩人為了轉換心情去聽遊戲創作者演講，主講人卻是結女的父親！儘管自知對結女的感情日益增長，然而事態將可能演變成家庭問題，水斗在戀情與現實間搖擺不定，結女卻開始積極進攻──

各 **NT$220~270/HK$73~90**

新約魔法禁書目錄 1~22 REVERSE 待續

作者：鎌池和馬　插畫：はいむらきよたか

這是將「魔法與科學交叉」匯聚於一處的故事。
見證「新約」篇的結局吧！

於英國清教的聖地溫莎堡，在慶功宴受到熱烈歡迎的上条，也看見了茵蒂克絲、御坂美琴、食蜂操祈等人的身影。「和平」真的到來了——但克倫佐戰之後，上条的右手不是已經爆開了嗎？緊接著，怪物襲擊溫莎堡……長了翅膀的蜥蜴，究竟意味著什麼？

各 **NT$180~300/HK$55~100**

豬肝記得煮熟再吃 1~7 待續

作者：逆井卓馬　插畫：遠坂あさぎ

與潔絲一同找出瑟蕾絲不用喪命的方法——
根本是豬左擁右抱美少女的逃亡紀行？

為了讓變得異常的世界恢復原狀，瑟蕾絲非死不可？我們與被王朝軍追殺的她展開充滿危險的逃亡之旅，朝「西方荒野」前進。被兩名美少女夾在中間的火腿三明治之旅，出現了意料外的救兵。救兵真正的意圖是？而瑟蕾絲始終如一的戀情，又將會何去何從

各 **NT$200~250/HK$67~83**

砂上的微小幸福

作者：枯野瑛　插畫：みすみ

「邪惡的怪物應該消失。你的願望並沒有錯喔。」
這是某個生命活了五天的故事——

商業間諜江間宗史因任務而與女大生真倉沙希未重逢，卻被捲入破壞行動。祕密研究的未知細胞救了瀕死的沙希未。名喚「阿爾吉儂」的存在寄生於其體內，以傷勢痊癒後歸還身體前的期間為條件，與宗史生活在同一屋簷下……

NT$270/HK$90

倖存鍊金術師的城市慢活記 1~6 完

作者：のの原兎太　插畫：ox

這是居住在魔森林的精靈與魔物，
以及人類之間的故事。

對吉克蒙德失去信任的瑪莉艾拉從「枝陽」離家出走。就像是要「回老家」似的，瑪莉艾拉為了尋找師父芙蕾琪嘉，與火蠑螈及「黑鐵運輸隊」一同前往「魔森林」。然而……

各 **NT$260~300/HK$87~98**

國家圖書館出版品預行編目資料

你喜歡的不是女兒而是我!?/望公太作 ; 曹茹蘋譯.
-- 初版. -- 臺北市 : 臺灣角川股份有限公司,
2023.09
冊； 公分
譯自：娘じゃなくて私が好きなの!?
ISBN 978-626-352-900-7(第7冊：平裝)

861.57 112011241

Kadokawa
Fantastic
Novels

你喜歡的不是女兒而是我（媽媽）!? 7（完）

（原著名：娘じゃなくて私が好きなの!? 7）

2023年9月6日　初版第1刷發行

作　者：望公太
插　畫：ぎうにう
譯　者：曹茹蘋

發行人：岩崎剛人
總編輯：蔡佩芬
編　輯：邱璨萱
美術設計：黃永漢
印　務：李明修（主任）、張加恩（主任）、張凱棋

發行所：台灣角川股份有限公司
地　址：104台北市中山區松江路223號3樓
電　話：（02）2515-3000
傳　真：（02）2515-0033
網　址：www.kadokawa.com.tw
劃撥帳戶：台灣角川股份有限公司
劃撥帳號：19487412
法律顧問：有澤法律事務所
製　版：尚騰印刷事業有限公司
ISBN：978-626-352-900-7